Malte Bastian

Ein später Freund

Das Buch

Ein TV-Moderator, der sich für Christus hält, ein Gastronom, der im Verdacht steht, Geschäftspartner am Spieß zu grillen, ein Chirurg, der sonderbare Ideen für eine OP hat: EIN SPÄTER FREUND erzählt kleine böse Geschichten aus der Welt der Generation Burnout, in der es fast immer darum geht, seine Mitmenschen diskret über den Tisch zu ziehen oder direkt zu entsorgen. Wer dabei aber nur an Moral denkt, liegt völlig falsch: Gier und Hinterlist sind nicht nur spannend, sondern können auch richtig Spaß machen.

Der Autor

Malte Bastian arbeitete als Lokalredakteur, Werbetexter und Pressesprecher. 2009 erschien nach mehreren Sachbüchern unter dem Pseudonym Karoline Klötzing sein erster Krimi MORDSQUOTEN im Berliner MOS-Verlag. Heute ist er als Berater für TV-Produzenten und Wirtschaftsunternehmen im Bereich Kommunikation tätig. Malte Bastian lebt und arbeitet in Köln und Bremen-Bremerhaven.

EIN SPÄTER FREUND ist auch als E-Book erhältlich

Malte Bastian

Ein später Freund

Gutenachtgeschichten für die Generation Burnout

ISBN 9783735761422

Bibliografische Information der Deutschen
Nationalbibliothek: Die Deutsche Nationalbibliothek
verzeichnet diese Publikation in der Deutschen
Nationalbibliografie; detaillierte bibliografische Daten sind
im Internet über www.dnb.de abrufbar.

©2014 Malte Bastian, Köln

Herstellung und Verlag:
BoD – Books on Demand, Norderstedt

©Titelbild Malte Bastian

Miss Gina

Die Sonne schien vom wolkenlosen Himmel herab und brannte auf das Fell der Rinder, die auf den Weiden standen. Hin und wieder fuhr ein Auto auf der Landstraße vorbei, dessen Brummen sich dann in der Ferne verlor. Ein Bahndamm kam irgendwo aus dem nirgendwo und verlor sich auch wieder dorthin. Schon lange fuhren hier keine regelmäßigen Züge mehr. Ein heißes Flirren lag in der Luft. Hier, im mittleren Westen des Landes, war die Welt noch in Ordnung. Sie war so in Ordnung, dass selbst das stark umzäunte und gut bewachte Atomkraftwerk noch nie ernsthaft belagert worden war. Nur in den späten 80er Jahren hatte sich einmal eine Handvoll junger Männer und Frauen in Latzhosen an den Zaun gekettet. Doch die Polizei entfernte die Demonstranten ohne viel Federlesens. Irgendwie geriet das Kraftwerk dann im Laufe der Jahre aus dem Blickfeld der Anti-Atombewegung. Es gab größere, auffälligere und vor allen Dingen viel besser zu erreichende Meiler, vor denen immer noch dann und wann gegen den Abtransport der alten Brennelemente protestiert wurde. Aber im mittleren Westen waren das in den Wohnzimmern mit den groß gemusterten Tapeten und den wuchtigen Buffets nur Fernsehbilder, die für alle hier so weit entfernt waren, wie die Reportagen über Slums in Rio de Janeiro oder Kinderarbeit in Bangladesch.

An einem dieser flirrend-heißen Tage im mittleren Westen kam ein Mann mit einem kleinen Koffer die Auffahrt zum Atomkraftwerk hinauf. Er war dick und schwitzte. Das lag aber nicht nur an seinem Gewicht, sondern auch an seinem dunklen Anzug. Trotz gelockerter Krawatte und geöffneter Weste ächzte

der Mann. Er gelangte bis an den Zaun, wo er vor einer Tür mit Gegensprechanlage stehenblieb und den Rufknopf drückte.
„Hallo? Wer ist dort?" fragte eine mürrische Stimme aus der Sprechanlage.
„Ich brauche Ihre Hilfe!", rief der dicke Mann.
„Worum geht es?", wollte die Stimme wissen.
„Ich bin herzkrank und bin hier an der Landstraße mit dem Wagen liegen geblieben", ächzte der Mann, „ich komme nicht vom Fleck."
„Sie sollten den ADAC rufen", sagte die Stimme ungerührt, „Wir können hier niemanden hineinlassen."
„Ich kann nicht telefonieren, mein Handy hat bei der Hitze schlapp gemacht. Der Akku ist völlig leer."
„Bleiben Sie am Wagen, ich rufe für Sie den ADAC. Dauert aber etwas", bot die Stimme mürrisch an.
„Nein, nein, es ist nicht nur das. Ich muss meine Tabletten nehmen und brauche dringend Wasser. Ich bin herzkrank!"
„Moment", sagte die mürrische Stimme wenig begeistert.
Der dicke Mann wartete zitternd und schwitzend.
Das Tor summte. „Kommen Sie rein und gehen Sie bis zum zweiten Tor an den inneren Zaun, dort wartet jemand auf Sie."
Der Mann schob sich durch die Tür im Zaun, die krachend hinter ihm ins Schloss fiel, und lief einen Schotterweg entlang. Rechts und links von ihm türmten sich verrostete Stacheldrahtrollen in die Höhe, dazwischen stand fahles gelbes Gestrüpp. Zwischen dem Schotter wuchsen einige traurige verbrannte Grasbüschel. Nichts war zu hören, als das Zirpen der Grillen, die irgendwo in der Hitze ihr eintöniges Konzert gaben. Gelbes Gras, Grillen und Schotter. In der Nähe dieses radioaktiven Meilers schien es kein anderes Leben zu geben. Ihm wurde mulmig und er fasste sich an die Brust. Fürchterlich beengt war es hier, beengt und bedrohlich zugleich. Vielleicht gab es Strahlung, die ganz unbemerkt die Herztätigkeit ausschaltete?

Der Schweiß lief ihm über das Gesicht, sein Herz wummerte und er versuchte, sich auf etwas anderes zu konzentrieren. Sein kleiner Koffer schlug gegen den Stacheldraht und bekam eine hässliche Schramme. Er schleppte sich schwer atmend an das zweite Tor, das hinter einer Biegung lag. Klug gemacht, dachte er trotz der Strapazen, da hatte jemand sich etwas von den Festungsbaumeistern des Mittelalters abgeschaut. Sollte es jemals einem Unbefugten gelingen, das erste Tor gewaltsam zu öffnen um das Kraftwerk zu stürmen, konnte er mit keinem noch so handlichen Rammbock Anlauf nehmen, um das zweite Tor zu zerstören. Stattdessen musste der Eindringling sich in einem 90 Grad-Winkel bewegen. Ferngesteuerte Kameras sahen dabei auf alles hinab, was sich bewegte. Außerdem konnte man zwischen den Stacheldrahtrollen einen Sandweg erkennen, auf dem eindeutig nicht nur die Spuren großer Stiefel, sondern auch die gewaltiger Hundepfoten zu sehen waren. Auf einem frischen Kothaufen saßen einige dicke grüne Fliegen und summten matt in der Hitze. Der Dicke ging vorbei und verzog angewidert das Gesicht.

Hinter dem zweiten Gittertor stand ein Posten in einem kurzärmeligen schwarzen Overall. An seinem breiten Gürtel waren ein Funkgerät, ein Schlagstock, und eine Pistole befestigt. Auf dem rasierten Schädel trug der Mann eine Baseball-Mütze mit der Aufschrift *SPECIAL FORCE* und an den Füßen auf Hochglanz polierte Kampfstiefel.

„Es tut mir leid", japste der dicke Mann, „ich möchte nicht stören, aber mir geht es nicht gut. Mein Auto ist liegengeblieben, irgendwas mit der Elektronik. Erst fiel die Klimaanlage aus, dann ging gar nichts mehr. Und der Akku meines Handys hat auch schlapp gemacht. Oh, diese Hitze ist nicht gut für mich. Ich bin doch schwer herzkrank..."

„Das sagten Sie bereits", meinte der Posten ungerührt und der dicke Mann erkannte die mürrische Stimme wieder. „Lass ihn rein, Tiger."

Das Tor summte und öffnete sich langsam. An seiner oberen Kante begann eine orangefarbene Leuchte wild zu blinken und eine Sirene heulte auf. Der dicke Mann ging hindurch, sein kleiner Koffer schlug ihm gegen die Beine. Er verzog das Gesicht, offenbar hatte er Schmerzen. Hinter ihm schloss sich das schwere Tor wieder. Die Sirene hörte auf zu heulen und das Blinklicht schaltete sich aus. Der Dicke blieb ratlos stehen.
„Moment", sagte der Posten und drehte sich um. „Tiger, schau nach, was der Mann bei sich hat."
Aus einem Betonblock mit Sehschlitzen, der direkt neben dem Tor stand, trat ein weiterer Posten hervor. Er hatte Oberarme wie Baumstämme und einen erstaunlich kleinen Kopf auf den breiten Schultern.
„Alles klar, Chief", sagte er mit schleppender Stimme und dann zu dem dicken Mann: „Nehmen Sie die Hände hoch und machen Sie die Beine breit. Keine Angst, das ist wie auf dem Flughafen."
Der dicke Mann gehorchte und Tiger fuhr mit einem Gerät am Körper des Mannes entlang. Einmal piepste es und Tiger zog dem Dicken kurz einen Autoschlüssel aus der Tasche. Er tastete routiniert die Hosenbeine ab und die Innentaschen des Anzugjacketts.
„Er ist sauber, Chief."
„Vergiss den Koffer nicht"
Wortlos nahm Tiger dem Mann den Koffer aus der Hand.
„Oh, bitte, das sind private Unterlagen."
Tiger sah ihn mürrisch an. „Ja und?"
„Das ist sehr intim."
Der Chief und Tiger grinsten sich vielsagend an. „Aha", sagte der Chief dann und tippte mit der Fußspitze gegen den Koffer, „sehr intim, so, so. Ich weiß nicht, ob ich das durchgehen lassen kann, so intime Sachen, wissen Sie. Ich interessiere mich nämlich sehr für intime Sachen."
Tiger ließ einen kurzen Lacher hören.

„Ja, also – es ist von einem Mandanten. Ich bin auf dem Weg zu einem Prozess. Ich bin Rechtsanwalt, irgendwo müsste ich auch meine Karte haben. Bitte, wahren Sie doch das Anwaltsgeheimnis."
„Meister", der Chief schüttelte bedächtig den Kopf, „Meister, wir dürfen hier niemanden rein lassen. Bei Ihnen haben wir eine Ausnahme gemacht. Weil Sie Hilfe brauchen. Jetzt haben Sie da diesen Koffer und wollen uns nicht rein sehen lassen. Was glauben Sie wohl, muss ich da denken? Sind da Handschellen drin, mit denen Sie sich hier als Aktivist anketten wollen? Oder irgend so ein dämliches Transparent von Greenpeace oder anderen Schwachköpfen? Molotow-Cocktails? Pflastersteine? Sie müssen uns schon verstehen, guter Mann – wir kennen Sie doch überhaupt nicht. Deshalb sage ich: Koffer auf!"
Der dicke Mann fasste sich wieder an die Brust. „Bitte, ich möchte etwas Wasser, ich muss dringend meine Tabletten nehmen. Der Koffer ist völlig in Ordnung. Darauf gebe ich Ihnen mein Wort. Ich bin Rechtsanwalt, das sagte ich doch. Und hier... hier ist auch meine Karte." Er griff in seine Jackentasche und drückte dem Chief eine Visitenkarte in die Hand.
„Dr. Friedhelm Schucht. Rechtsanwalt. Aus Oberhausen." Der Chief zuckte lakonisch die Schultern. „Ja und? Damit ist leider immer noch nicht geklärt, was in dem komischen Koffer ist."
„Prozessakten. Nur Prozessakten. Ich bin auf dem Weg zum Landgericht. Das unterliegt alles der Schweigepflicht." Der Dicke ächzte. „Bitte, lassen Sie mich doch einen Schluck Wasser nehmen."
„Tut mir wirklich leid. So können wir Sie nicht hineinlassen. Tiger, den Koffer!"
„Moment, Moment!" Der Dicke griff nach seinem Koffer. „Das geht auf keinen Fall! Sie dürfen da nun wirklich nicht ran!" Er drückte den Koffer schwer atmend an sich. „Dann lassen Sie mich eben wieder gehen! Aber hier werden Sie nicht hineinsehen!"

„Sie sind jetzt hier drinnen", sagte der Chief ungemütlich, „hier kommt man noch schwerer raus, als man reinkommt. Das ist unser Job, Meister."
„Lassen Sie mich gehen! Sie haben überhaupt kein Recht, mich hier festzuhalten!"
Tiger sah ihn verständnislos an. „Wer sagt das?"
„Das sage ich Ihnen als Anwalt!"
„Du, mein Freund", sagte der Chief langsam, „Du hast hier gar nichts zu sagen. Du bist hier einmarschiert weil du was von uns wolltest. Jetzt bist du hier drin und ich sage dir, was du zu tun hast. Und ich sage, wir sehen uns jetzt mal deinen komischen Koffer an. Da ist doch was faul!"
„Nein!!" Der Dicke drückte den Koffer noch enger an sich. Der Schweiß lief ihm in Strömen über das Gesicht, „Nein! Rufen Sie von mir aus die Polizei, dann bin ich bereit, den Koffer zu öffnen – aber nicht vor Ihnen!"
„Jetzt reicht es aber. Her mit dem Koffer!"
„Nein! Ich bestehe darauf, dass Sie die Polizei rufen wenn Sie an meinen Koffer wollen!"
Der Chief wurde ungehalten. „Hier bin ich die verdammte Polizei! Was glaubst du, was wir hier machen? Den ganzen Tag Kaffee trinken und popeln?"
„Rufen Sie die Polizei! Ich bestehe darauf!"
Stattdessen seufzte der Chief nur bekümmert und sagte halblaut „Wie du willst. Tiger, dein Job!" und der trat ohne eine Gemütsregung auf den Dicken zu und griff mit seinen riesigen Händen nach dem Koffer.
„Nein, das dürfen Sie nicht!", keuchte der und drückte Tigers Hand energisch weg. „Sie dürfen das nicht!!"
Tiger ließ den Koffer los und zog einen kleinen biegsamen Plastik-Stock. Dann folgte eine geschmeidige und oft geübte Bewegung. Der Stock sauste wie eine Gerte durch die Luft und schlug dem Dicken auf die Finger. Mit einem Schmerzensschrei ließ der den Koffer los.

„Tut mir leid", sagte Tiger ungerührt während der andere sich heulend die Hand hielt. Der Stock hatte die Haut an den Knöcheln aufplatzen lassen, und das Blut hinterließ auf den Manschetten rote Spuren. Dennoch gab der Dicke nicht auf.
„Das wird Sie sehr teuer zu stehen kommen! Das ist Körperverletzung! In Tateinheit mit Freiheitsberaubung! Ich bestehe darauf, dass Sie endlich die Polizei rufen!"
Der Chief schüttelte den Kopf. „Anwalt, du hörst nicht richtig zu. Wir sind hier die Polizei. Und wenn du weiterhin so bockig bist, lochen wir dich ein. Wir haben hier nämlich sogar einen kleinen Knast."
„Da haben wir mal bei einer Demo zwei nette Öko-Bräute vernascht", grinste Tiger.
„Halts Maul, Tiger. Mach lieber den Koffer auf."
„Nein!!" Der Dicke ging zu Boden warf sich schützend über den Koffer.
Der Chief schüttelte den Kopf. „Du machst es uns wirklich schwer, Anwalt." Er trat einen Schritt zurück und machte eine Handbewegung zu Tiger. „Hilf ihm. Er will es nicht anders."
Tiger nickte und trat dem Dicken mit der Stiefelspitze in die Rippen. Nicht besonders stark, da hatte er schon ganz anders zugelangt. Es war eher ein zartes Antippen als ein richtiger Tritt. Aber doch so, dass der Mann mit einem gurgelndem Laut vom Koffer rutschte und sich vor Schmerzen krümmte. Der Chief ging in die Hocke und öffnete vorsichtig den Koffer. Eine Reihe von dicken Akten lag darin, obenauf eine zerknüllte Robe und eine weiße Krawatte.
Tiger machte ein ratloses Gesicht. „Komische Akten und `ne alte schwarze Kutte." Er schob nachdenklich den etwas zu groß geratenen Unterkiefer vor. „Mmmh. Der Typ ist wohl wirklich Anwalt, Chief. Das ist jetzt aber voll blöd."
„Ich sagte halts Maul Tiger." Der Chief legte die Akten an die Seite und wühlte im Koffer herum. „Moment mal, wusste ich doch, dass da was faul ist."

Er fischte ein zartes Negligee heraus und grinste breit. „Na, Dicker, ist das deins?" Dann verzog er angewidert das Gesicht und holte mit spitzen Fingern einen merkwürdigen Gegenstand aus dem Koffer, der das Format einer großen Taschenlampe hatte und aus fleischfarbenem Gummi war. Vorn lief der Gegenstand breit zu und hatte einen wulstigen Schlitz. In pinkfarbenen Buchstaben stand *Miss Gina* auf der Seite.

Die Augen des Chiefs verengten sich. „Jetzt weiß ich, warum du dir in die Hosen gemacht hast, als wir deinen Koffer öffnen wollten, Anwalt", sagte er, „Du bist ein Perverser. Statt mit einer Frau treibst du es mit diesem Gummiding. *Miss Gina*. Mann, du bist echt eine arme Sau, eine ganz arme Sau. *Miss Gina* – pah."

Er nahm den Gegenstand in die Hand. „Obwohl - immerhin ist sie noch unbenutzt. Sogar der Preis ist noch dran. Nur die Batterien fehlen anscheinend." Er streichelte über die Verpackung.

Dann griff er noch einmal in den Koffer und pfiff durch die Zähne. In der Hand hielt er ein Bündel nagelneuer 50-Euro-Scheine.

„Mensch, mit der Kohle hätte der sich doch was Besseres als *Miss Gina* kaufen können", schüttelte Tiger grinsend den Kopf. „Garantiert nicht ganz sauber, die Kohle. Bestimmt irgendwo geklaut. Da gehe ich jede Wette ein."

„Halts Maul, Tiger." Der Chief sah auf den Dicken, der röchelnd auf dem Boden lag und sich eine Hand vor die Brust presste. An einem Mundwinkel hing ein Blutfaden.

„Das Geld ist von einem Mandanten", murmelte er.

„Und wo ist die Mandanten-Quittung für die Kohle, Anwalt?", herrschte ihn der Chief an. „Willst du mich verarschen? Bargeld von deinem Mandanten? Was ist der denn? Dealer oder Politiker?"

„Es gibt keine Quittung... bitte, ich bekomme keine Luft mehr, mein Herz..."

„Verdammt, der Kerl kackt uns hier ab, Tiger. Bring ihn in den Aufenthaltsraum und kümmere dich um ihn."
„Alles klar, Chief". Tiger zog mit Leichtigkeit den Dicken vom Pflaster. Er legte ihm einen der riesigen Arme um den Leib und schleppte ihn mühelos davon.
„Mein Herz...", sagte der Dicke und Tiger sagte im Gehen nur „Hab dich nicht so, musst mehr Sport machen."

Der Chief hockte immer noch neben dem offenen Koffer. In seinem Gesicht arbeitete es. Er zählte die Scheine und kam auf 50 Stück. 2.500 nagelneue Euro. So eine Gelegenheit kam nie wieder. Er atmete tief durch. Um die Kameras überall auf dem Gelände machte er sich keine Sorgen, die Aufnahmebänder würde er bei Schichtende löschen. Er befeuchtete mit der Zunge seine Lippen und horchte einen Moment in sich hinein. Dann warf er die Prozessakten und das Negligee wieder in den Koffer und ließ die Schnappschlösser einrasten. *Miss Gina* und das Bündel Banknoten aber legte er in eine schwarze Plastiktüte, die er aus der Gesäßtasche zog. Der Chief ging auf dem Weg zum Aufenthaltsraum am Transformatorengebäude vorbei. Es lag von einer Mauer getrennt direkt neben dem Reaktor und nur wenige Menschen hatten einen Schlüssel dafür. Der Chief gehörte dazu. Er ging in den Keller wo die große Anlage summte und versteckte die Tüte mit *Miss Gina* und dem Geld in einem Schuhkarton mit Pornoheften direkt hinter einem Schaltkasten, der die Sicherungen für die Brennstäbe des Reaktors enthielt. Dann nahm er den Koffer und ging in den Aufenthaltsraum des Wachpersonals. Der dicke Mann saß auf einem Feldbett und schien sich etwas erholt zu haben.
„Na", sagte der Chief, „geht's wieder? Tut mir leid. Aber wer nicht hören will – du weißt wohl jetzt, wie hier der Hase läuft."
Der Dicke schnaufte. Neben ihm stand ein Glas Wasser und er stopfte einige Tabletten in den Mund. Die Knöchel seiner

lädierten Hand zierte ein Pflaster. „Das wird ein Nachspiel haben", ächzte er.

„*Miss Gina* brennt garantiert auf ein Nachspiel bei dem Vorspiel, was du uns geliefert hast", grinste der Chief. „Aber jetzt im Ernst: So läuft das hier nicht, verstanden?"
„Sie haben mich geschlagen und bedroht."
„Unsinn. Du wolltest hier endringen und hast uns angegriffen. Das kann mein Kollege bezeugen. Ist es nicht so, Tiger?"
Der andere nickte. „Ja, er hat mich angegriffen."
„Du siehst, mit deinen faulen Geschichten wirst du niemanden beeindrucken. Wer weiß, vielleicht wolltest du Tiger und mich kaltblütig von hinten abknallen? Oder du bist so ein Umwelt-Freak, der am Reaktor rumschnüffeln wollte? Oder ein Wirtschaftsspion von den Chinesen oder Russen geschickt?"
„Oder vielleicht den Amerikanern", fügte Tiger hinzu, „oder den Koreanern. Oder.."
„Halts Maul Tiger", sagte der Chief und wieder zu dem Dicken: „Wir wussten doch vorher nicht, dass du nur ein alter perverser Typ bist, der hier telefonieren wollte."
Tiger nickte ernst. „Sie sollten froh sein, dass der Chief Sie so einfach laufen lasst."
Der Chief drückte dem Dicken den Koffer in die Hand. „Also, mein Freund, lass dich hier nicht wieder blicken. Tiger bringt Dich zum Tor, dann verschwinde. Und komm nicht auf die Idee, hier mit irgendwem von der Polizei anzurücken. Das wäre ganz schlecht. Haben wir uns verstanden?"
Der dicke Mann schwieg mit verkniffenem Gesicht.
Der Chief stupste ihn an. „Hallo, mein Freund. Ob wir uns verstanden haben, habe ich gefragt!"
Der andere schwieg. Tiger rempelte ihn grob an. „Ob du den Chief verstanden hast, du Warmduscher."
„Ja" sagte der Dicke leise.
„Lauter!", rief Tiger und rempelte ihn erneute an.

„Ja, ich habe den Chief verstanden", druckste der Dicke weinerlich. „Bitte, lassen Sie mich jetzt gehen. Ich brauch auch keinen ADAC mehr, bitte keine Umstände."
Tiger zog ihn wortlos hoch.
„Auf geht's, mein Freund", sagte der Chief, „du hast nochmal verdammtes Glück gehabt."
Vor dem Tor humpelte der Dicke mühsam Richtung Landstraße. Tiger sah ihm lächelnd eine Weile nach und massierte sich gedankenverloren den mit einer Girlande tätowierten Bizeps. Was für ein armes Würstchen dieser Mann doch gewesen war. Ein herzkranker Anwalt, der mit einer Gummi-Muschi reiste. Was für ein unendlich peinlicher Kerl. Tiger schnüffelte stirnrunzelnd an seinem Overall. Fremder Angstschweiß. Ein fieser Geruch. Er würde sich waschen müssen, um den Schweiß des fetten Mannes wieder aus der Nase zu bekommen. Tiger seufzte und ging langsam zurück. Er würde sich unter die Dusche stellen und später im Aufenthaltsraum seine Lieblings-DVD mit Bruce Willis ansehen. Vielleicht genehmigte ihm der Chief heute sogar ein Bier dazu. Er lauschte den zirpenden Grillen und spürte die Hitze auf der Haut. Seine Hand tastete lässig nach der Pistole im Halfter. Tiger lächelte. Ein großes Glücksgefühl überkam ihn. Gab es einen cooleren Job, als den seinen?
Der Dicke erreichte nach ein paar Hundert Metern seinen Wagen. Er setzte sich hinein und klappte den Koffer auf. *Miss Gina* und das Geld fehlten. Ein tiefes Seufzen entrang sich seinen Lippen.
Er fummelte nervös ein Handy aus dem Handschuhfach und wählte eine Nummer.
„Hier ist Martin".
„Martin", sagte eine Stimme mit starkem Akzent, „wie war es?"
„Alles gut. Der Junge hat sein Taschengeld bekommen. Und *Miss Gina* hat jetzt ein neues Zuhause."

„Schön", sagte die Stimme am anderen Ende, „das freut uns. Es war klar, dass er *Miss Gina* und dem Spielgeld nicht widerstehen konnte – wir hatten uns über seine Neigungen informiert. Du findest deine Reiseunterlagen im Hotel, Martin. Guten Flug."
„Danke. Wir hören uns."
Der Dicke legte auf und startete problemlos den Wagen.
Im Sicherungskasten der Brennstäbe begann in *Miss Gina* ein kleines elektronisches Herz zu ticken.

Sodbrennen

Widerstandslos hatte er sich festnehmen lassen. Ja, es schien fast so, als ob er erleichtert gewesen war. Der Beamte musterte ihn. Ein völlig unscheinbarer Mann. Glücklicherweise war er so betrunken gewesen, dass die Frau an der Tankstelle um Hilfe schreien und sich wehren konnte. Irgendwas von einem Typen, der als Anhalter unterwegs gewesen sei, hatte der Mann gefaselt als die beiden Streifenpolizisten, die der Tankwart gerufen hatte, ihn festnahmen. Ein paar Stunden in der Zelle hatten ihn ernüchtert. Nicht einmal der Kopf tat ihm noch weh. Nur das grauenhafte Sodbrennen ließ einfach nicht nach. Er hatte um eine Tablette gebeten, doch niemand auf dem kleinen Revier hatte eine. Mit saurem Mundgeruch wurde er zum Verhör gebracht.
Der Beamte sah mitleidig auf den Mann herab. Der trug einen billigen Anzug aus irgendeinem Kaufhaus und dazu eine gemusterte Krawatte mit Comicfiguren – eine jener Krawatten, die man hin und wieder noch bei Handelsvertretern oder Gebrauchtwagenhändlern sah. Der Beamte bot ihm eine Zigarette an. Das kannte er aus den Krimis im Fernsehen und hier, auf dem Lande, gab es selten eine Gelegenheit, ein richtiges Verhör zu führen und eine Zigarette anzubieten. Dankbar griff der Mann zu und sog gierig den Rauch ein. Er rauchte wie jemand, der das Nikotin jahrelang vermisst hatte.
Die Frau hatte auf eine Anzeige verzichtet und eigentlich sprach nichts dagegen, den Mann einfach wieder an die Luft zu setzen. Der Beamte hatte den Mann eine Weile befragt - dabei stets auf Abstand wegen dessen säuerlichen Mundgeruchs geachtet -

doch der konnte sich an gar nichts mehr erinnern. Nur daran, dass sein Auto wohl noch irgendwo herumstand.
„Sie haben sich da in eine sehr dumme Situation gebracht", sagte der Beamte streng, „Sie werden verstehen, dass ich ermitteln muss." Er wusste zwar noch nicht genau, weswegen, doch er würde schon etwas finden.
Der andere sah stumm vor sich hin.
„Also", sagte der Beamte, „fangen wir noch einmal ganz von vorn an."
„Ich kann mich so gut wie an nichts erinnern, sagte der Mann weinerlich. Es ist mir alles so unangenehm."
„Geben Sie sich Mühe."
„Ich hatte furchtbare Kopfschmerzen."
„Das reicht mir leider nicht. Die junge Frau verzichtet auf eine Anzeige. Sie sagte, Sie würden ihr leidtun. Doch damit ist die Sache natürlich noch lange nicht aus der Welt."
„Nein, nein, natürlich nicht", sagte der Mann kleinlaut.
Das Telefon klingelte. Der Beamte nahm den Hörer ab. Ein aufgeregter Kollege von der Funkstreife. Ein Toter war irgendwo auf der Kreisstraße gefunden worden, mit fürchterlich zugerichtetem Gesicht.
„Ich höre", sagte der Beamte erfreut in den Hörer. Es musste sein Glückstag sein. Nach dem betrunkenen Mann mit der bunten Krawatte jetzt auch noch ein richtiges Tötungsdelikt. So etwas Aufregendes wurde den meisten Landpolizisten - wenn überhaupt - nur einmal im Leben geboten.
Er lehnte sich zurück, sagte „ich bin schon unterwegs" in den Hörer und nahm selbstgefällig eine Zigarette, zündete sie mit wichtiger Geste an und sagte lässig zu dem Mann vor seinem Schreibtisch: „Ich will mal nicht so sein. Sie können gehen. Schon mein nächster Fall. Ich suche jetzt einen Mörder, keinen kleinen Busengrabscher wie Sie. Lassen Sie sich hier in unserer Gegend nicht wieder blicken. Finden Sie Ihren Wagen und fahren Sie dann schleunigst zu Mutti nach Hause."

Der Typ hatte am Tag zuvor einfach irgendwo am Straßenrand gestanden, den Daumen emporgereckt wie ein Eisenbahnsignal, das zum Halten aufforderte. Der Mann bremste seinen Wagen ab. Warum, wusste er später selbst nicht mehr genau. Eigentlich nahm er keine Anhalter mit. Es gab genügend Busse und Bahnen und wer kein Geld hatte, sollte gefälligst zu Hause bleiben oder zu Fuß gehen. Aber an diesem Abend war der Mann schon stundenlang unterwegs gewesen und hing dumpfen Gedanken nach. Ja, das war es wohl. Er hatte angehalten, um von seinen dumpfen Gedanken los zu kommen.
Der Typ ließ sich krachend auf den Beifahrersitz fallen und stopfte einen schäbigen alten Militärrucksack zwischen Lehne und Rücksitz.
„Den Gurt", sagte der Mann. „Brauche ich nicht", sagte der Typ.
„Es ist gefährlich ohne Gurt", sagte der Mann.
„Quatsch", sagte der Typ, „Gurte sind nur was für Feiglinge. Du wirst ja wohl in der Lage sein, halbwegs sicher zu fahren."
Schweigend fuhr der Mann an. Noch waren sie keine Minute zusammen und schon reute es ihn, den Typ mitgenommen zu haben. Der Mann wäre nie ohne Gurt gefahren. Wer ohne Gurt fuhr, riskierte eine Geldbuße und konnte sich bei einem Unfall schwer verletzen oder gar ums Leben kommen. Er kannte die Bilder aus dem Fernsehen von zerstören Autos und Toten auf der Straße mit Planen über dem Gesicht.
Der Typ zog ein Päckchen Tabak aus der Jacke und drehte sich eine Zigarette. Krümel fielen auf die Polster.
„Es krümelt", sagte der Mann am Steuer, „das muss doch nun wirklich nicht sein."
„Hab dich nicht so. Kannst die ja später einfach absaugen", erwiderte der andere und zündete die Zigarette an. Rauchschwaden zogen durch den Wagen.
„Überhaupt komisch, deine Karre. Velours. Ein Vertreterwagen mit Velours. Wie ein Plumpsklo mit goldenem Loch."

„Bitte, ich rauche nicht. Und hier im Auto möchte ich auch nicht, dass andere rauchen. Ein Wagen, der nach Rauch riecht, sinkt im Wiederverkaufswert."

„Ja, ja, schon gut. Ich rauche nur eben zu Ende. Keine Angst, deine ollen Polster kriegen nix ab, ich werfe die Kippe aus dem Fenster. Will ja nicht schuld sein, wenn du für die alte Mühle nix mehr beim Händler bekommst."

Der Mann am Steuer atmete gepresst aus. Der Autoverkäufer hatte aus Prestigegründen zu hochwertigem Velours geraten. Wegen des Wiederverkaufswertes. Dieses Velours im Auto war das einzige, was sich der Mann am Steuer je an Luxus geleistet hatte.

„Rauchst du nicht? Ich meine nie?", fragte der Typ.

Der Mann schüttelte den Kopf.

„Rauchen ist ungesund. Wer raucht bekommt Lungenkrebs."

Der Typ grinste. „Alter, was für Weisheiten! Weißt du was: Wer nicht raucht, kriegt Arschkrebs. Arschkrebs ist der Tod der Feiglinge."

Der Mann am Lenkrad fühlte Ärger sauer in sich aufsteigen. Früher hatte er geraucht und es hatte ihm geschmeckt. Dann war sein Vater an Lungenkrebs gestorben. Er hörte auf zu rauchen und lebte seitdem in ständiger Angst vor dem Krebs.

Eine Zeitlang fuhren sie schweigend durch die Dämmerung dahin. Der Mond stand etwas blass über der Landstraße. Hin und wieder kam ein anderes Auto entgegen. Aus dem Radio dudelte gedämpft Schlagermusik.

„Mach mal `nen anderen Sender rein", sagte der Typ, „ist ja voll ätzend."

„Ich höre das gern", sagte der Fahrer.

„Ich aber nicht. Schlagerpisse. Spießermucke."

Der andere machte das Radio aus.

„Na also, geht doch."

Dann zeigte der Typ in die Dunkelheit nach vor. „Da steht einer mit Warnblinker. Halt mal an."

„Das ist gefährlich", erwiderte der Mann, „man soll nachts nicht anhalten. Das kann ein fingierter Überfall sein."
„Scheiße", sagte der Typ, „von wegen Nacht. Es ist noch nicht mal acht. Du glotzt zu viel XY. Feigling. Halt an, sag ich."
Der Mann schaltete runter. Jetzt saß der Ärger schon im Hals und er musste schlucken. Der Ärger schmeckte nach Magensäure. Immer wenn er sich ärgerte, kam es ihm hoch. Feigling nannten sie ihn auch manchmal in der Firma, weil er seine Kilometerabrechnungen und Spesenbelege nie fälschte.
Der Wagen hielt neben einem uralten VW Käfer. Ein junges Mädchen stand davor. „Gott sei Dank", sagte sie. „Das ist sehr nett von Ihnen. Drei Wagen sind schon einfach so vorbei gefahren."
Der Typ grinste. „Wollte er auch. Er dachte, du willst ihm die Brieftasche abnehmen oder ihn gleich plattmachen. Er fürchtet sich sehr in der Dunkelheit."
Das Mädchen lächelte unsicher: „Naja, ich mich auch... Mein Tank ist leer. Können Sie mich bis zum nächsten Ort mitnehmen?"
Der Mann am Lenkrad zuckte etwas hilflos die Schultern. „Wenn Sie wollen, natürlich ..."
Der Typ sah ihn an, dann auf ihre Beine und lachte. „Na klar wollen wir. Das heißt, wenn du auch willst, Kleine."
Das Mädchen bekam einen roten Kopf, zögerte einen Moment und setzte sich dann auf den Rücksitz. Im nächsten Ort stieg sie an einer Tankstelle aus.
„Heiße Maus, die Kleine", sagte der Typ als sie wieder anfuhren und holte eine Flasche aus dem Rucksack. Er schraubte sie auf und nahm einen Schluck.
„Willste auch was?", fragte er, „lecker Weinbrand."
„Niemals. Ich trinke niemals, wenn ich fahre. Das ist ein Prinzip".
Der andere lachte kurz und rau. „Hätte ich mir denken können. Schiss vor den Bullen, was? Anständiger Bürger mit Prinzipien.

Na super. Nullkommanull Promille forever." Glucksend rann der Fusel in seine Kehle.
Der Mann am Steuer biss die Zähne zusammen. Er konnte sich gut an das besoffene Schwein erinnern, von dem seine Mutter vor ein paar Jahren tot gefahren worden war.
Der Typ verstaute die Flasche wieder im Rucksack.
„Und? Jetzt sag doch auch mal was. Gefiel dir unsere kleine Maus denn wenigstens? Gute Beine, auch der Arsch war eigentlich gar nicht so übel. Was meinst du?"
Der Mann am Steuer starrte angestrengt in die Dunkelheit, die von den Scheinwerfern wie mit zwei Messern zerschnitten wurde. Bitter lag ihm der Geschmack der Magensäure auf der Zunge.
„Ich habe sie mir nicht so genau angesehen."
Der Typ wieherte vor Vergnügen.
„Du hast nicht so genau hingesehen? Mann, was für ein Scheiß!" Er schlug dem anderen derb auf die Schulter.
„Du hast ganz genau hingesehen, mein Lieber. Ich habe dich beobachtet. Du Feigling willst nicht zugeben, dass du sie am liebsten auf der Stelle hier auf deinen Velourssitzen flachgelegt hättest. Gib es zu, Alter. So einer wie du ist doch dauernd scharf. Dein Problem ist es aber, dass du nie eine abkriegst. Du nicht. Und Du hättest bestimmt Schiss um deine Polster..."
„Ich, ich...", murmelte der am Steuer, „ich habe auch schon mal..." Er dachte an ein eher peinliches Erlebnis vor vielen Jahren im Autokino.
Der Typ spuckte verächtlich auf den Boden. „Boah, du Weichei. Jetzt denkste dir auch noch was aus. Die Frau mit den Augen flachlegen und hier `rum lügen. Wahrscheinlich könntest du nicht mal mit ihr. Impotente Pfeife." Er schüttelte den Kopf. „Sorry, Alter. Du tust mir wirklich leid. Wirklich. Muss doch alles ein Scheiß-Spiel für einen wie dich sein."
Der Mann am Lenkrad fühlte eine heiße Welle durch seinen Körper laufen. Seine Hände am Lenkrad verkrampften sich und

wurden feucht. Er sah die Bar mit den Mädchen vor sich, in die ihn ein paar Kollegen vor einem Jahr geschleppt hatten und aus der er floh, als sich eins der Mädchen nur mit einem kleinen goldenen Slip bekleidet auf seinen Schoß gesetzt hatte. Feigling, hatten seine Kollegen ihm hinterher gerufen, Feigling. Der Typ stieß leise auf. Es roch nach Schnaps. „Weißt du was? Lass mich in der nächsten Stadt raus. Ich will noch was essen und vielleicht ′ne Frau abgreifen. Ich will meine Zeit nicht mit so einem armseligen Wicht wie dir verschwenden. Versteh mich nicht falsch, aber Feiglinge sind doch echt zum Kotzen. Lass mich raus und fahr dann in deine Vertreterpension und wichs dir schön einen ab. Echt, nix für ungut, aber du bist wirklich voll der Loser." Er stieß noch einmal auf. „Verdammte Scheiße, du wirst echt irgendwann an Arschkrebs krepieren."
Der Mann am Lenkrad schluckte schwerfällig. Einmal, zweimal, dreimal. Sein Hals brannte höllisch von der Magensäure. Das Lenkrad fühlte sich an wie glühendes Eisen. Sein Herz schlug wie eine Trommel. Schweißbäche rannen über sein Gesicht. Seine Augen zwinkerten, ein Muskel am Mundwinkel zuckte. Sein Leben raste wie ein Film an ihm vorbei. Dann trat er plötzlich das Bremspedal. Tief. Bis auf das Bodenblech. Die Räder blockierten. Es stank nach verbranntem Gummi.

Dort, wo der Typ gesessen hatte, war in der Frontscheibe ein großes Loch. Blut und Splitter lagen im Wagen. Der Mann stieg zitternd aus und atmete tief durch. Er setzte sich an den Straßenrand. Bis das Zittern nachließ und das Sodbrennen erträglicher wurde. Dann zog er den Rucksack des anderen vom Rücksitz hervor, fand die Flasche. Er setze sie an. Zuerst dachte er, er müsse sich übergeben, der Weinbrand war wie flüssiges Blei in seiner Kehle. Doch dann beruhigte er sich und trank entspannt. Als die Flasche leer war, warf er sie zusammen mit dem Rucksack in den Graben und sah den Typ, der

bewegungslos auf der Straße lag. Er tippe ihn mit der Fußspitze an. Keine Reaktion. Dann trat er ihn etwas härter in die Seite. Keine Reaktion. Er trat herzhaft erneut zu, dann ein zweites, ein drittes Mal. Wieder und immer wieder. Es tat ihm sehr gut, unglaublich gut. Endlich hörte er schweißgebadet auf.
Dann kroch er wieder hinter das Steuer, umfuhr den Typ, der jetzt reglos verkrümmt in einer Blutlache lag und wendete. Wenn er sich beeilte, würde er das Mädchen vielleicht noch an der Tankstelle finden. Der Typ hatte recht gehabt. Sie hatte gute Beine und ihr Arsch war auch nicht übel.

Ödipus

Ihr Herzklopfen ließ langsam nach. Der Kunde war sehr zufrieden gewesen. Die Aufregung wich einem wunderbaren Gefühl der Genugtuung. Sie trat das Gaspedal durch und freute sich über das laute Motorengeräusch. Es klang ein wenig wie das Brüllen irgendeines wilden Tieres. Sie war gut in ihrem Job und das wusste sie. Gerade wieder hatte sie es unter Beweis gestellt. Sie lächelte vor sich hin. Gelernt ist gelernt, ging es ihr durch den Kopf. Und das war kein Spruch. Schließlich hatte sie alles von der Pike auf gelernt. Sie warf ihre blonden Locken nach hinten. Ja, sie war gut in ihrem Job. Besonders stolz aber war sie darauf, dass sie ganz allein arbeitete. Hinter ihr stand niemand. Sie hatte sich alles selbst aufgebaut. Eine paar harte Jahre lagen hinter ihr. Jahre, in denen sie fast aufgegeben hätte, mit dem Gedanken gespielt hatte, wieder in ihren alten Beruf zurückzugehen. Aber was war schon eine Anstellung bei einer Reederei gegen die Möglichkeiten, die ihr dieser Job bot. Vielleicht wäre sie Abteilungsleiterin geworden. Vielleicht hätte sie einen Kapitän geheiratet. Vielleicht, vielleicht.

Sie war flexibel, hatte die richtigen Leute bei Freunden kennen gelernt und war so völlig problemlos in ihren neuen Job gekommen. Zuerst nur nebenbei und aus Spaß um endlich einmal richtig Geld zu haben. Neben dem Geld liebte sie den Nervenkitzel. Das turnte sie mehr an, als jeder Sex. Was war dagegen das Geschäft mit der Vermarktung von Laderaumkapazitäten und Zolldeklarationen! Sie wollte weg aus dem Büro und hatte endgültig gewechselt. Ihren langweiligen Schreibtisch mit dem Cockpit des Porsche getauscht. Sich die Freiheiten gegönnt, die ihr zustanden. Rücksichtslos, allein und immer in der Lage, sich das zu nehmen, was sie wollte. Dafür nahm sie ein paar kleine Schattenseiten ihres Jobs gern in Kauf. Sie drehte die Musik lauter. Ein wunderbarer Tag. Wie geschaffen um vor dem nächsten Kundenbesuch noch etwas Gas zu geben und die Serpentinen der hügeligen Landschaft zu durchfahren. Sie schaltete zurück und der Wagen durchfuhr fast wie von selbst die nächste Kurve. Kein anderes Auto war weit und breit zu sehen. Sie ließ den Porsche jetzt richtig von der Leine. Er brummte wie ein giftiges Insekt durch eine lange S-Kurve und legte sich völlig mühelos zur Seite. Der Wagen klebte förmlich am heißen Asphalt. Der Tourenzähler kletterte weit über 4.000 Umdrehungen. Sie hielt das Lenkrad mit einer Hand und genoss die Fliehkräfte, die an ihrem Wagen zerrten. Das war die Freiheit, die sie liebte. Niemand gab ihr Anweisungen, niemand gab ihr Ratschläge. Sie allein entschied, mit wem sie arbeitete. Das Hindernis tauchte ganz plötzlich vor ihr auf. Es war ein kleiner Junge, der sich zu weit auf die Fahrbahn gewagt hatte, gerade, als sie die nächste Kurve vor einem abgelegenen Bauernhof nehmen wollte. An der Hand hielt er einen Roller. Der Junge bewegte seine kleinen Ärmchen etwas roboterhaft und sie meinte trotz der Entfernung sein Gesicht zu sehen. Der Roller schien von allein zu stehen. Sie trat das Bremspedal und riss das Lenkrad zur Seite. Die Bremsen des Porsches waren äußerst zuverlässig. Unerbittlich packten sie zu. Die Tachonadel fiel so jetzt schnell, wie der Höhenmesser eines Sturzkampfbombers. Etwas knallte kurz gegen die Seite des Wagens, dann stand er auch schon. Der Motor brummte gelassen im Leerlauf weiter. Sie fühlte wie ihr Herz in einem rasenden Tempo pochte. Sie atmete tief durch, drehte sich halb um und sah hinaus. Der Junge stand unversehrt am Straßenrand. Ihre um das Lenkrad gekrampften Hände lösten sich langsam. Sie atmete noch einmal tief durch, dann stieg sie aus.

Einige Meter vom Wagen entfernt lag der Roller des kleinen Jungen. Sie hatte ihn mit der Flanke des Porsches touchiert, das hatte den Knall ausgelöst. Nur um Haaresbreite hatte sie das Kind verfehlt. Sie ging auf den kleinen Jungen zu. Der stand mit offenem Mund immer noch auf der Straße, völlig reglos. Sie nahm ihn an der Hand und zog ihn auf den Fahrbahnrand. Der Kleine ließ alles mit sich geschehen. Er machte ein paar unbeholfene Schritte. Sie setzte ihn ins Gras an der Auffahrt des dahinter liegenden Hauses und untersuchte ihn. Alles schien in Ordnung zu sein. Das Kind zeigte Reflexe und konnte alle Gliedmaßen bewegen. Der Junge hatte höchstens einen leichten Schock. Doch auch diese Sorge schien unbegründet. Als sie ihn in die Seite stupste, grinste er. Sie streichelte ihm flüchtig übers Haar, dann lief sie zum Wagen zurück, setzte sich hinters Steuer und wollte weiter. Doch eine Stimme ließ sie innehalten.
„Hallo, warten Sie mal!"
Sie sah aus dem Fenster. Ein jüngerer Mann in dunklen Jeans und T-Shirt kam die Auffahrt herunter gerannt.
Sie überlegte einen Moment, Gas zu geben und weiter zu fahren. Es gab keinen Grund, zu warten. Dem Kind war nichts geschehen und sie hatte keine Lust, sich irgendwie erklären zu müssen. Womöglich bestand der Mann darauf, die Polizei zu holen und das würde ihr vermutlich den Rest des Tages gründlich verderben. Aber sie blieb doch stehen. Schließlich würde sich der Mann vermutlich ihr Kennzeichen merken, dann hätte sie womöglich auch noch eine Anzeige am Hals. Das war etwas, worauf sie überhaupt nicht scharf war. Sie seufzte und stieg aus.
Der Mann hatte inzwischen den kleinen Jungen auf den Arm genommen und kam auf sie zu.
„Jonathan ist nichts passiert, Gott sei Dank. Aber ist an Ihrem Auto alles in Ordnung?", fragte er besorgt.
Sie entspannte sich. Anscheinend hatte er die Situation sofort erfasst. Kein hysterischer Vater, der erst seinen Sprössling

unbeaufsichtigt ließ und dann anderen Vorwürfe machte. Sie sah den Mann genauer an. Er war groß und blond. Unter dem dünnen T-Shirt konnte sie sehen, dass die harte Arbeit auf dem Hof offensichtlich seine Muskeln gut trainiert hatte. Er war braun gebrannt und hatte ein markantes Gesicht.
„Danke, nur eine Delle und ein paar kleine Kratzer vom Roller an der Seite."
Er ging an die Seite des Wagens, hielt die Hand des kleinen Jungen, bückte sich und sah genau hin. „Naja, wirklich nicht so schlimm. Das könnte man so rausziehen."
„Rausziehen? Wie meinen Sie das?"
„Die Delle. Ich bin gut in sowas. Dann ist alles wieder wie neu."
Sie trat hinzu und ihr Blick fiel auf seinen kräftigen Nacken und seinen kleinen muskulösen Hintern. „Ach, nicht so schlimm."
„Aber bei dem schönen Wagen... das tut mir wirklich leid. Wie kann ich das denn wieder gut machen?" Sein Blick fiel auf ihre langen Beine und wanderte kurz zum Rocksaum hinauf. Ein Schauer überkam ihn.
Sie spürte seinen Blick und fühlte sich gut dabei. Männer waren wirklich alle gleich, sagte sie sich.
„Und?" fragte sie unschuldig, „wie geht es Ihrem Jungen? Die Hauptsache ist doch, dass ihm nichts passiert ist."
Er zwang sich, den Blick von den Beinen abzuwenden, stand auf und sah den Kleinen an.
„Jaja, natürlich. Sie haben recht."
Er legte dem kleinen Jungen eine Hand auf den Kopf. „Na, die schöne Dame will wissen, wie es dir geht, Jonathan. Ist alles wieder gut?"
„Auto...", brabbelte der Kleine fröhlich, der auf den Porsche zeigte, „Auto putt..."
Sie musste lächeln. Eigentlich mochte sie keine Kinder, doch dieser Junge rührte sie irgendwie. Er war so unbeholfen und unschuldig wie er neben seinem gewaltigen muskulösen Vater stand.

„Auto putt...", sagte das Kind noch einmal und zeigte auf den hinteren Reifen.

„Oh, tatsächlich", der Vater des Kleinen runzelte die Stirn, „Du hast recht, Jonathan."

Der Reifen war fast platt. „So können Sie nicht weiterfahren. Der muss gewechselt werden. Sie sind wohl in irgendwas reingefahren."

Ihr Blick verfinsterte sich. Der Tag hatte so gut angefangen und jetzt hing sie hier fest wegen eines kaputten Reifens.

„Wie kommt das denn? Hier auf dem Land liegt aber auch immer irgendwelcher Mist auf den Straßen!" Sie sprach so aggressiv, als habe der Vater des Jungen die Luft aus dem Reifen gelassen.

Der Mann zuckte entschuldigend die Schultern. „Keine Ahnung, was das gewesen sein kann. Der muss aber auf jeden Fall gewechselt werden."

Ein Lkw näherte sich und hupte laut. Noch immer blockierte der Porsche einen guten Teil der Straße. Der Fahrer des Lkw bremste stark ab und beugte sich aus dem Fenster. Das Zischen der Luftdruckbremsen ließ den kleinen Jungen zusammenfahren.

„Sehr zu, dass Ihr hier verschwindet! Das ist eine öffentliche Straße, kein Parkplatz für Poser-Autos von Leuten, die meine Steuern verprassen!"

„Ja, ja!" rief der Vater des Jungen genervt.

Der Lkw-Fahrer zeigte den Mittelfinger und gab Gas. Eine stinkende Wolke Abgase hüllte die drei Menschen auf der Straße ein.

„Was für ein Prolet", sagte der Vater des Jungen und sah dem Lkw hinterher, bevor sein Blick wieder auf den Porsche, dann auf ihre Beine fiel. „Da müssen wir ran. Am besten gleich."

Sie sah seinen Blick und winkelte ein Bein provozierend an.

Er bekam einen roten Kopf und zeigte auf den Reifen. „Da. Das Rad meine ich."

„Ich kann das machen. Wir bringen Ihren Wagen auf den Hof. In der Scheune habe ich Werkzeug. Dann wechsele ich Ihnen den Reifen. In der Zwischenzeit können Sie vielleicht einen Blick auf Jonathan werfen. Und danach haben Sie ja vielleicht noch Zeit für einen Kaffee?"
Sie lehnte sich ans Auto. „Vielleicht." Sie lächelte ihn an. „Aber Sie haben doch bestimmt noch mehr zu tun. Und vielleicht sieht lieber seine Mutter nach Jonathan?"
„Seine Mutter ist vor einem Jahr abgehauen. Kein Mensch weiß, wo sie hin ist. Ich lebe hier allein. Es gibt nur noch einen polnischen Leiharbeiter, der mir hilft. Aber der hat heute Nachmittag frei. Ich habe also Zeit, mich um Sie zu kümmern."
Sein Blick fiel auf ihren Busen. „Ich bin hier viel allein. Da freut man sich über jeden Besuch." Seine Stimme klang plötzlich rau.
Sie lächelte ihn an. „Es wäre wirklich nett, wenn Sie den Reifen wechseln könnten. Wenn es schnell geht, bleibe ich gern noch auf einen Kaffee. Oder auch zwei. Es kommt darauf an."
„Worauf?"
Sie lächelte immer noch. „Wie gut Sie sind. Aber lassen Sie das mit der Delle. Darum brauchen Sie sich nicht zu kümmern. Hauptsache, der Reifen wird gewechselt. Nur der Reifen, ja? Nicht die Delle. Bitte nicht die Delle!"
Er lächelte zurück. „Natürlich. Ich bin sehr gut. Vielleicht etwas aus der Übung, aber sehr gut. Verlassen Sie sich drauf."
Eine halbe Stunde später war der Porsche in der Werkstatt des Bauern. Sie saß mit dem Jungen im Wohnhaus und trank einen Kaffee. Hin und wieder hörte sie den Mann pfeifen. Der Junge saß auf dem Fußboden und spielte mit ein paar Bauklötzchen. Sie lehnte sich zurück und ließ ihre Gedanken schweifen. Wie konnte jemand allein hier draußen leben? Noch dazu so ein hübscher Kerl? Ganz allein, nur mit einem kleinen Jungen. Wie lernte man hier andere Menschen kennen – und wie lernte ein junger Bauer eine Frau kennen? Aus der Scheune war ein leises Rumpeln zu hören. Einen Moment war Ruhe, dann setzte das

Pfeifen wieder ein. Sie schloss die Augen. Ob er wohl bei der Arbeit das T-Shirt auszog? Sie sah ihn vor sich, wie er Heuballen stapelte, Schweiß lief über seinen braungebrannten Oberkörper.
Sie ließ ein wohliges Geräusch hören, das den Jungen kurz beim Stapeln seiner Bauklötze innehalten ließ. Ihre Gedanken wanderten weiter. Nach der Arbeit stand der junge Bauer nackt unter der Dusche. Sie erbebte, als sie sich vorstellte, wie er seine Hände über ihren Körper gleiten ließ.
Sie öffnete die Augen. Das Pfeifen in der Scheune war verstummt. Die Bauklötze lagen auf dem Boden, der kleine Junge war fort. Sie sah auf die Uhr. Wie lange brauchte der Mann eigentlich für einen Reifenwechsel? Und wo war der Kleine? Sie nahm ihre Handtasche und ging hinaus. Ein ungutes Gefühl beschlich sie. Sie war hier ganz allein auf dem Hof. Wer garantierte ihr eigentlich, dass der Mann wirklich nur den Reifen wechseln wollte?
Sie trat in die Scheune. Der Porsche stand wieder auf vier gesunden Reifen. Die Beifahrertür war geöffnet und die Verkleidung entfernt. Anscheinend wollte er ihr doch die Delle reparieren. Sie sah den Mann, der sein T-Shirt ausgezogen hatte. Seine Muskeln waren wunderschön definiert. Ein Schweißfilm lag auf seiner Haut und sie roch seinen Duft. Sie zitterte vor Erregung und öffnete die Handtasche.
Dann ging alles ganz schnell. Das Geschoss fuhr ihm fast lautlos zwischen die Schulterblätter. Er sackte zusammen und sein schöner Kopf fiel mit einem erstaunten Augenaufschlag zur Seite.
„Du blöder hilfsbereiter Idiot. Du hast alles versaut", sagte sie traurig und schob die Pistole mit dem Schalldämpfer wieder in ihre Handtasche. Dann legte sie die Päckchen mit dem Kokain zurück in den Hohlraum der Beifahrertür und schraubte die Verkleidung wieder fest. Ein leises Geräusch ließ sie zusammenfahren. Als sie sich umdrehte, sah sie den kleinen

Jonathan, der mit einem Bauklötzchen in der Hand verstört hinter ihr stand.
Sie schüttelte verzweifelt den Kopf und die Tränen traten ihr in die Augen. „Warum? Warum? Warum auch du?", sagte sie und griff wieder in die Handtasche.

Viele Jahre später kam es an der spanischen Küste in der Nähe des Hafens von Marbella zu einem Zwischenfall mit einer Motoryacht, die das Haltesignal eines Bootes der *Guardia Civil* missachtet hatte. Die Polizei versuchte, die Yacht zu stoppen. Plötzlich war am Steuerstand ein junger braungebrannter Mann sichtbar, der ohne Vorwarnung mit einem automatischen Gewehr das Feuer auf die Polizisten eröffnete. Er verletzte einen der Beamten und zerschoss mehrere Fenster des Bootes.
Die *Guardia Civil* drehte hart nach Steuerbord um aus seinem Schussfeld zu kommen. Die Yacht nahm wieder Fahrt auf und schien plötzlich das Boot rammen zu wollen. Doch dann legte der Schütze das Ruder hart nach Steuerbord. Die starken Motoren der Yacht ließen das Schraubenwasser an ihrem Heck aufkochen. Dann feuerte der junge Mann erneut mit seinem Gewehr und verfehlte knapp einen weiteren Polizisten. Offensichtlich wollte er keine Zeugen hinterlassen.
Doch in diesen Gewässern waren die Sicherheitskräfte vorbereitet. Das schwere Maschinengewehr auf dem Vorschiff des Bootes der *Guardia Civil* trat in Aktion. Eine kurze Garbe fegte krachend in die Aufbauten der Yacht und riss große Löcher hinein. Das Wasser am Heck des Schiffes beruhigte sich.
Als die Beamten den Steuerstand erreichten, fanden sie einen Toten, der im Hinabsinken den Gashebel wieder zurückgezogen hatte. Eine Kugel hatte den jungen Mann in die Brust getroffen. Aus seinem Schultermuskel war die Kugel wieder ausgetreten und hatte eine hässliche Wunde hinterlassen. Außer ihm war nur noch eine ältere aber sehr attraktive Dame an Bord. Sie warf

sich weinend über den jungen Mann und die Beamten konnten sie nur mit Mühe von dem Toten fortziehen. An Bord des Schiffes fanden sie mehrere hundert Kilogramm Kokain, die offensichtlich in irgendeinem nordafrikanischen Hafen an Bord genommen worden waren und im Auftrag der Mafia in Europa verkauft werden sollten. Die *Guardia Civil* nahm die Yacht ins Schlepptau und brachte sie nach Marbella. Hier wurde die ältere Dame ins Kommissariat gebracht. Sie erklärte dort nur, der junge Mann sei ihr Sohn. Eine Anfrage bei Interpol ergab jedoch, dass die Mutter des Toten schon vor langer Zeit verschwunden war, ebenso kurz darauf der Vater. Auch der Name des jungen Mannes tauchte nirgends in den Computern der Polizei auf. Damit konfrontiert, sagte die Dame überhaupt nichts mehr. Die Beamten entschlossen sich, auf den Untersuchungsrichter zu warten, der in Málaga war und behielten die Frau über Nacht im Kommissariat.
Am nächsten Morgen fand man sie erhängt in ihrer Zelle.

Das Veilchen

Rasselnd schloss sich die Tür hinter Hans-Jörg Konradi. Zwei bullige Pfleger brachten ihn in den Besucherraum. Konradi war an Händen und Füßen gefesselt. Schlurfend kam er näher. Die Ketten rasselten über den Betonfußboden. Um den dürren Leib von Konradi schlackerte ein weißer Overall. Wie ein Gespenst, ging es Lena durch den Kopf, er ist nur noch ein Schatten seiner selbst, ein Geist. Das war nicht mehr der Mann, den sie von den Titelseiten der großen Illustrierten kannte. Der jüngste deutsche Kommandeur in Afghanistan. Der jüngste Oberst der Nato. Fallschirmjäger, blond, sportlich, Akademiker, literarisch ambitioniert. Konradi hatte in Talkshows gesessen, mit jungen Menschen über Krieg und Sterben diskutiert. Er war mit dem Verteidigungsminister auf dem Kirchentag gewesen und hatte dort an Gebeten und Gesprächen mit Soldaten und Kriegsdienstverweigerern teilgenommen. Konradi sah dabei immer gut aus, egal, ob in Uniform oder Jeans.
Was war aus dem kraftstrotzenden aber auch so sanften Mann geworden? Dieses traurige, gebückte Etwas mit den Hand- und Fußfesseln war eine jämmerliche Figur, nur ein Schatten des Mannes, der er noch vor gar nicht so langer Zeit gewesen war. Lena konnte sich noch gut erinnern, als sie das erste Interview mit Konradi geführt hatte. Das war erst sechs Monate her. Damals war das Ministerium verrückt darauf gewesen, den jungen Offizier positiv zu verkaufen. Jetzt hatte es ungeheure Anläufe gekostet, überhaupt ein Gespräch führen zu können.

Lena legte ihr Handy auf den Tisch Die beiden Pfleger ketteten Konradi an den Besucherstuhl und nahmen etwas weiter hinten

im Raum rechts und links von ihm Platz. Scheinbar völlig unbeteiligt, doch jederzeit bereit, einzugreifen.
„Ich würde gern das Gespräch aufzeichnen, Herr Konradi", sagte sie, „haben Sie etwas dagegen?"
„Nicht, wenn ich rauchen darf. Dann können Sie alles aufnehmen. Aber rauchen will ich." Er sah sie vorwurfsvoll an. Seine blauen Augen waren mit roten Äderchen durchzogen, von denen einige geplatzt waren. Am linken Auge hatte er einen Bluterguss, ein Veilchen wie nach einem Handgemenge.
Sie sah fragend zu den Pflegern. „Darf man hier rauchen?" Der eine nickte wortlos mit mürrischem Gesicht. Lena holte ein Päckchen Zigaretten aus ihrer Handtasche. Die Hände des Gefangenen schnellten gierig nach vorn und die Ketten gaben ein klirrendes Geräusch von sich. Die Pfleger waren im Nu auf den Beinen, setzten sich aber wieder, als sie sahen, dass sich Konradi nur eine Zigarette grapschte und in den Mund steckte. Er schloss die Augen und zog an der unangezündeten Zigarette wie an einem Schnuller.
„Köstlich, köstlich. Es schmeckt so köstlich." Er öffnete wieder die Augen. „Haben Sie noch mehr für mich?"
Sie sah wieder zu den Pflegern. Der eine zog eine Zeitschrift aus der Innentasche seiner Jacke und begann zu lesen.
„Ja, Sie können die ganze Schachtel haben wenn Sie möchten."
„Alle? Wirklich alle?" Konradis Augen waren groß wie die eines Kindes am Weihnachtsabend. „Sie würden mir wirklich alle Zigaretten geben?"
„Ja. Ich kann mir neue kaufen."
„Geben Sie mir Feuer."
Sie nahm das Feuerzeug aus der Handtasche, klickte und hielt ihm die Flamme hin. Er zog an der Zigarette. Der Geruch von frisch angezündetem Tabak erfüllte den Raum.
„Ah, großartig! Das ist wunderbar." Konradi lehnte sich zurück. „Früher habe ich überhaupt nicht geraucht. Ich bin Sportler. Aber seit geraumer Zeit bin ich auf den Geschmack gekommen.

Sonderbar, nicht wahr?" Er zwinkerte kurz mit dem blauen Auge. „Wissen Sie, nur hier in diesem Raum darf geraucht werden. Deshalb fiebere ich jedes Mal einem Besuch entgegen. Aber es kommt kaum jemand zu mir. Nur die Verhöroffiziere und der Staatsanwalt. Aber meine Familie will mich nicht. Nur mein Anwalt kommt. Und jetzt Sie."
„Warum diese Fesseln?"
Er lachte. „Weil ich suizidgefährdet bin, wissen Sie. Man denkt, ich tue mir etwas an. Dabei habe ich doch nur Kopfschmerzen. Ach ja, und ich bin natürlich auch eine Gefahr für andere. Denken jedenfalls die Ärzte. Aber was wissen die schon."
Er blies Kringel in die Luft. „Köstlich, köstlich! Und dabei doch so ungesund. Aber für jemanden wie mich völlig gleichgültig. Meine Tage sind gezählt."
„Wie kommen Sie darauf?"
Er beugte sich vor und schaute lauernd nach rechts und links. „Man hat mich untersucht. Lange hat man mich untersucht. Und eine Probe von meinem Gehirn entnommen. Also von meiner Hirnhaut. Es ging darum, ob sie möglicherweise mit der Schädeldecke verwachsen ist. Das könnte ein Zeichen von Schwachsinn sein. Dann dürften sie mich nicht..." Er machte eine Handbewegung über der Kehle, ließ die Zunge weit aus einem Mundwinkel heraushängen und lachte.
„Das dürften die dann nicht. Aber ich bin völlig gesund. Kein Anzeichen von Schwachsinn. Kein Befund in irgendeiner Weise. Wunderbar, nicht wahr? Nur immer diese ständigen Kopfschmerzen."
„Wie meinen Sie mit *das dürfen die dann nicht?*"
„Na, mich hinrichten."
„Aber es gibt keine Todesstrafe in unserem Land."
Konradi lachte. „Ja, Sie glauben das auch. Alle glauben das. Aber das stimmt nicht. Es gibt die Todesstrafe. Jedenfalls inoffiziell."
„Das stimmt nicht!" Lena fühlte eine Gänsehaut.

„Doch, doch. Ich weiß das. Ich habe sie selbst vollstrecken lassen."
„Wann und wo?"
„Natürlich nicht hier. In Afghanistan. Dort ist alles möglich."
„Es gibt Gesetze."
„Aber die gelten nicht für alle. Nicht für Ziegen und Verräter. Die müssen sterben."
Konradi sah sie ernst an. „Wirklich. Das denke ich mir doch nicht aus! Naja, gut, das Leben von Ziegen oder Schafen endet dort immer ziemlich tragisch. Wussten Sie eigentlich, dass man dort sogar mit toten Ziegen Sport macht? Das hat mich sehr fasziniert."
Lena fragte sich, warum ihr Chefredakteur sie hierher geschickt hatte, denn Konradi faselte nur abstruses Zeug. Er wirkte alles andere als gesund.
„Nein. Das wusste ich nicht."
„Man nimmt eine tote Ziege, legt sie auf den Boden und versucht sie auf einem freien Feld vom Pferd herab zu greifen und beim Schiedsrichter abzugeben. Das ist sehr gesund, man ist während des Spiels an der frischen Luft und hat Bewegung."
„Herr Konradi..."
Er senkte den Kopf und zeigte ihr eine Narbe. „Da. Sehen Sie das? Da ist mir die Gewebeprobe entnommen worden. Man hat die Schädeldecke trepaniert, so lautet der Fachausdruck. Ein Loch wird in den Knochen gebohrt. Dabei braucht man nur eine örtliche Betäubung. Und dann durch die Öffnung die Hirnhaut punktiert. Aber alles in Ordnung. Ich bin so gesund, wie die beiden da hinten." Er machte eine Kopfbewegung zu den Pflegern und gluckste vor Lachen.
Lena sah ihn zweifelnd an.
„Das war ein Witz. Die beiden sind doch total bekloppt. Die sind seit 20 Jahren in diesem Laden. Immer hinter Gittern. Glauben Sie ernsthaft, das bleibt nicht ohne Folgen? Davon können doch ganze Generationen dieser Burschen ein Lied

singen! Kaputte Familien, geschlagene Frauen. Sehen Sie sich die Gesichter an. Roh, brutal, stoisch."
Sie sah zu den Pflegern. Der eine blätterte seine Zeitschrift um, der andere betrachtete gelangweilt seine Fingernägel.
„Sie wollten sich mit mir unterhalten, hat Ihr Anwalt gesagt. Erstaunlicherweise hat das Ministerium meiner Anfrage zugestimmt. Worüber möchten Sie reden? Über Afghanistan und Ihr Kommando? Über den Zwischenfall? Ich höre Ihnen zu." Unwillkürlich blickte sie auf das Veilchen, das Auge mit dem Bluterguss.
„Über alles. Bevor ich gehe, möchte ich über alles reden."
„Was ist alles?"
„Alles, wofür ich hier bin."
„Wofür *ich hier bin*, sagen Sie? Wofür sind Sie denn hier?"
Er lachte wieder und drückte die Zigarette aus. Die Ketten klirrten. „Sie machen mir Spaß! Das ist wirklich lustig!" Er streckte die Hände in Richtung der Schachtel. „Sie haben gesagt, ich bekomme alle."
„Natürlich." Sie gab ihm eine neue Zigarette und Feuer.
„Womit soll ich anfangen?"
Sie sah wieder auf das Veilchen. „Was ist das da an Ihrem Auge? Haben Sie sich verletzt?"
„Was?"
„Ihr blaues Auge. Haben Sie sich verletzt?"
Konradi atmete den Rauch tief ein und lächelte charmant.
„Eine Schlägerei, denken Sie jetzt, was? Einen Oberst verhaut hier drinnen niemand. Wir sind ja nicht im Knast. Nein, nein, das ist von der Lobotomie."
Lena runzelte die Stirn. „Von der was?"
„Jetzt sind Sie platt was? Ja, ja, ich hatte das seltene Vergnügen einer Lobotomie."
Sie hatte das Wort schon einmal gehört, wusste aber nicht mehr genau, was es bedeutete. „Erklären Sie es mir. Was ist eine Lobotomie?"

Er schüttelte lächelnd den Kopf. „Ihr Journalisten! Immer wenn es ans Eingemachte geht, wisst Ihr nicht weiter! Sie wissen nicht, was eine Lobotomie ist?"
„Ich sagte doch schon, dass ich es nicht weiß."
„Na schön. Ich will es Ihnen erklären." Er zog an der Zigarette. „Eine Lobotomie ist eine Hirnoperation, bei der Nervenbahnen durchtrennt werden. Angeblich hilft sie bei Psychosen und Depressionen."
„Sie sind operiert worden? Davon hat Ihr Anwalt nichts erzählt. Auch im Ministerium wurde das mit keinem Wort erwähnt."
„Im Ministerium hängt man das doch nicht an die große Glocke."
„Warum hat man Sie operiert?"
„Wir Soldaten aus den Kampfeinsätzen sind fast alle traumatisiert. Die Lobotomie soll bei Psychosen und Depressionen helfen. Die Nervenbahnen in der vorderen Gehirnregion werden einfach durchtrennt. Dann lassen die Wahnvorstellungen nach. Und davon kann ich schließlich einiges aufbieten, sagen zumindest die Therapeuten."
„Und warum haben Sie dieses blaue Auge?"
Er schüttelte genervt den Kopf. „Sie hören mir nicht zu! Ich sagte doch, dass ist von der OP. Darauf haben die sich hier in diesem Militärkrankenhaus spezialisiert."
„Auf Lobotomien."
„Ganz genau. Auf Lobotomien. Meinen Sie, ich denke mir das aus?"
Lena fühlte sich unwohl. Was redete Konradi da für ein Zeug? Sie wollte mit ihm für ihre Reportage über traumatisierte Soldaten über den Einsatz und dessen fürchterliche Folgen sprechen und er faselte dauernd etwas von einer Operation.
„Also ein neurologischer Eingriff."
„Sie haben es erfasst." Er drückte seine Zigarette aus und nahm eine neue, zündete sie aber nicht an, sondern hielt sie sich unters Auge. „Schauen Sie her: Hier unter dem Augenlid wird eine

Sonde durch den Knochen in den Kopf geschoben. Der Knochen ist unter dem Lid besonders dünn, verstehen Sie. Nur ein kleiner Schlag mit einem Gummihämmerchen auf das Instrument und schon sind Sie direkt im Kopf. Phantastisch, nicht wahr? Das könnte jeder selbst machen. Es macht nur klack und schon sind Sie im Kommandostand."
Lena fühlte sich unwohl und sah zu den Pflegern, die eingeschlafen schienen.
Konradi fuhr fort: „Also, hier rein mit der Sonde! Von da aus wird das Gerät leicht gedreht und die Nervenbahnen werden zerstört. Keine Vollnarkose, keine zehn Minuten. Zurück bleibt nur ein blaues Auge, das in ein paar Wochen wieder verschwunden ist. Zähne ziehen ist schlimmer."
Sie schluckte. „Keine Vollnarkose?"
„Aber nein. Es reichen vor Beginn der Behandlung ein paar Elektroschocks. Und auch das spüren Sie kaum. Es macht einen nur furchtbar kribbelig." Er kicherte: „Aber manche Patienten machen sich dabei leider in die Hose weil die Muskeln plötzlich unkontrolliert kontrahieren können".
„Fürchterlich", sagte Lena und sah auf ihre Notizen hinunter. Davon hatte sie bisher nichts gehört.
„Ach was, es ist überhaupt nicht schlimm. Alle meine Kameraden sind operiert worden."
„Wie bitte? Ihre sämtlichen Kameraden?"
„Ja, das habe ich zumindest gehört." Er kratzte sich nervös am Kinn. „Darf ich Sie etwas fragen?"
„Ja, gern. Was denn?"
„Ich äh..." Es schien ihm peinlich zu sein.
„Ja?"
„Ich – nun, schenken Sie mir denn wirklich Ihre ganzen Zigaretten?"
Lena seufzte. „Ja. Aber wir wollten über Ihren Einsatz sprechen. Das Ministerium hat die Geheimhaltungspflicht aufgehoben. Sie können über alles reden."

„Ach ja, der Zwischenfall. Es ist doch komisch, dass man so etwas einen Zwischenfall nennt, nicht wahr? Sie müssen schon zugeben, wir Soldaten haben eine sonderbare Sprache, die immer das verheimlicht, was unangenehm oder richtig bedrohlich ist. Aber das werden Sie wohl nicht verstehen."
„Ich war zwei Jahre bei der Luftwaffe", sagte Lena, „Ich bin Leutnant der Reserve. "
„Dann sind Sie ja im Bilde! Wunderbar." Er wollte ihr die rechte Hand wie zur Begrüßung entgegenstrecken, doch die Ketten hinderten ihn daran.
„Wie dumm von mir! Ich habe völlig die Ketten vergessen." Er lachte leise vor sich hin. „Natürlich. Diese Ketten. Ich muss Sie tragen, wissen Sie. Ich bin eine Gefahr für andere. Und für mich selbst. Das sagen sie hier. Aber es ist völliger Unsinn."
„Herr Oberst Konradi, es gab am 20. April im Rahmen der Nato-Offensive *Spätes Tauwetter* einen Vorfall. Sie sind am Abend mit mehreren gepanzerten Fahrzeugen in ein Dorf gefahren, dass angeblich zum Rückzugsgebiet der Taliban gehörte. Dort wurden alle Dorfbewohner zusammengetrieben und von Ihnen persönlich verhört. Plötzlich gab es Alarm, weil irgendwo geschossen wurde, offensichtlich aus einem Hinterhalt. Daraufhin gaben Sie Befehl, das Feuer zu erwidern. Bei dem Schusswechsel kamen 47 Frauen und Kinder ums Leben, außerdem fünf Ihrer Männer. Später stellte sich heraus, dass die ersten Schüsse von einem Ihrer Soldaten abgegeben worden waren, der völlig betrunken war. Auch Ihre Verluste waren selbst verursacht."
„Ja, ja, es gab da diesen Zwischenfall, das ist richtig. Friendly Fire. Ich verhörte ein paar alte Männer. Ich weiß nur noch, dass dann plötzlich geschossen wurde. Es tut mir wirklich leid, an mehr kann ich mich nicht erinnern."
„Warum waren Sie selbst bei den Verhören dabei?"
„Weil es schlechter Stil ist, sich überall herauszuhalten. Ich wollte mir selbst ein Bild der Lage machen. Alles lief nach

Lehrbuch ab. Ich lege großen Wert auf korrekten und humanen Umgang. Da ist in Afghanistan in der Vergangenheit vieles nicht gut gewesen. Wir haben dort viele Fehler gemacht."
„Die Protokolle Ihrer Verhöre mit den Dorfbewohnern sind verschwunden."
„Nein, nein, das kann gar nicht sein. Ich selbst habe sie doch in der Hand gehabt, als die Schießerei losging."
„Die ermittelnden Feldjäger haben aber keinerlei Protokolle gefunden."
„Aber mein Adjutant, Oberleutnant Mühlendorfer und der Verhöroffizier vom Stab des Oberbefehlshabers, ein älterer Hauptmann, dessen Namen ich nicht weiß, waren dabei."
„Die beiden zählen zu den Toten."
„Ach? Tot? Beide? Das ist ja traurig! Vor allen Dingen für ihre Familien. Mühlendorfer war ein sehr anständiger Junge, aus alter Soldatenfamilie, wissen Sie. Das ist ja wirklich sehr unangenehm."
„Sie wurden selbst leicht verwundet, haben Sie das denn auch vergessen?"
„Ich hatte damals wohl ein kleines Unwohlsein, aber das kommt leicht vor auf Reisen."
„Aber sie waren nicht auf einer Reise, sondern in einem Kampfeinsatz! Und Sie wurden durch einen Streifschuss an der Hüfte verwundet."
„Oh, das kann gut sein! Ich war tatsächlich wegen der Hüfte bei den Sanitätern. Aber jetzt wohne ich hier. Ich bin nämlich erst hier wieder so richtig zu mir selbst gekommen."
„Aber warum? Warum sind Sie hier?"
Konradi lachte. „Vielleicht weil es mir gut tut, ich kann es wirklich nicht genau sagen! Vielleicht auch wegen der Operation?"
„Sie sollen die Schüsse auf die Zivilisten befohlen haben."
Der andere schüttelte den Kopf. „Warum? Warum sollte ich das getan haben?" Er rieb sich das blaue Auge. „Ich weiß es

wirklich nicht. Es ist alles weg. Ich zermartere mir seit Wochen das Gehirn, aber nichts ist mehr da, gar nichts mehr. Nichts. Gar nichts..." Er versank plötzlich in dumpfes Brüten.
„Herr Konradi?" Lena sah ihn an. Keine Reaktion.
„Herr Oberst! Was ist los?"
Müde rieb er sich wieder das blaue Auge. „Ich habe Kopfschmerzen. Ich schlafe seit Wochen nicht mehr richtig. Aber ich weiß gar nichts mehr. Nichts. Aber ich bin wieder völlig gesund, ganz gesund", murmelte er vor sich hin.
„Wollen wir das Gespräch lieber beenden?"
„Welches Gespräch?" Er sah sie aus toten Augen an. „Sie stellen nur lauter komische Fragen. Ich kann doch gar nicht über etwas reden, von dem ich nichts weiß. Wollen Sie sich lieber über die tote Ziege unterhalten? Aber eines weiß ich ganz gewiss."
Sie horchte auf. Kam doch noch etwas aus dem verwirrten Offizier? „Was denn?"
Er flüsterte. „Es ist dort in Afghanistan ganz anders, als man hier vielleicht denkt. Ganz anders."
„Was ist anders?"
Seine Stimme war kaum noch zu verstehen, ein fast tonloses Hauchen: „Das Wetter. Es ist viel besser, als ich dachte."
Eine Tür öffnete sich und zwei Männer traten ein. Sie trugen weiße Kittel über ihren Uniformen.
„Bitte, es ist alles etwas viel für Herrn Oberst Konradi", sagte der eine, „er ist in einer sehr komplexen Persönlichkeitssituation und hat vieles noch nicht verarbeitet."
Lena nickte. „Ja, das Gefühl habe ich auch."
„Kommen Sie bitte mit mir", sagte der zweite Mann, „ich bin sein Psychiater, Oberfeldarzt Sandberger. Ich sollte Ihnen noch einige Worte zu seinem Zustand sagen. Das Gespräch mit Herrn Konradi müssen wir leider jetzt beenden."
Lena sah ihn an. „Es gab eigentlich kaum etwas, worüber wir bisher ernsthaft geredet haben."

„Das ist ja das Problem. Herr Konradi ist nicht mehr in der Lage, Gespräche, wie Sie und ich sie kennen, zu führen."
„Ja", lächelte Hans-Jörg Konradi schwach, „ja, das liegt an diesen ewigen Kopfschmerzen. Seit Wochen kann ich nicht mehr richtig schlafen. Seit Wochen. Können Sie sich das vorstellen. Vielleicht sollte ich jetzt mal etwas spazieren gehen…"
Die beiden Pfleger kamen heran und führten ihn vorsichtig aus dem Raum. Der eine Arzt begleitete sie und den Kranken. Der andere bat Lena in sein Dienstzimmer.
„Bitte betrachten Sie dieses Gespräch als vertraulich. Nichts was ich jetzt sage, ist für eine Veröffentlichung geeignet."
Sie zuckte die Schultern. „Gut, wenn Sie es wünschen."
„Ein trauriger Fall, der Oberst Konradi. Sie haben das sicherlich gemerkt. Er ist stark gestört in seiner Wahrnehmung und sein Erinnerungsvermögen ist leider vermutlich für immer völlig fragmentiert."
„Ich wollte mit ihm über den Vorfall in Afghanistan sprechen. Aber er weiß anscheinend nichts mehr. Aber ich werde das Gespräch komplett abdrucken. Auch wenn es völlig surreal ist. Es ist so, wie das, was der Krieg dort aus den Menschen macht."
Sandberger hob die Brauen. „Oh, ich hatte gehofft, Sie würden darauf verzichten, auch um Oberst Konradi zu schützen."
„Hier geht es nicht um Schutz. Die Öffentlichkeit hat ein Interesse daran, zu erfahren, was in Afghanistan passiert. Wir haben hunderte traumatisierter Soldaten in diesem Land."
„Ja, aber denen helfen Sie nicht, wenn Sie wirre Gespräche wie dieses drucken."
„Herr Konradi ist einer Lobotomie unterzogen worden, sagte er. Auch seine Hirnhaut sei punktiert worden."
„Das alles hat er Ihnen erzählt?" Sandberger schüttelte traurig den Kopf. „Vergangene Woche redete er noch von einer unbehandelten Gürtelrose als psychosomatischer Folge seines Einsatzes."

Der Arzt seufzte. „Mein Gott, er hat Ihnen ernsthaft weismachen wollen, er wäre hier einer Lobotomie unterzogen worden?"
„Ja. Eine Operation, die angeblich wohl alle Veteranen des Afghanistan-Einsatzes bekommen, die unter Psychosen und Depressionen leiden." Sie holte tief Luft und merkte, dass sie einen trockenen Hals hatte. „Könnte ich ein Glas Wasser haben?"
„Natürlich". Der andere stand auf und brachte ihr ein Glas Wasser.
„Herr Konradi ist hier keiner Lobotomie unterzogen worden. Niemand wird hier lobotomiert."
„Aber er hat ein blaues Auge." Sie trank durstig das Wasser.
„Das kommt angeblich vom Einführen der Sonde zum Zertrennen der Nervenbahnen, so sagt er jedenfalls."
„Ich bitte Sie! Diese Verletzung am Auge hat er sich selbst zugefügt. Der Mann ist stark suizidgefährdet! Wissen Sie überhaupt, was eine Lobotomie wirklich ist?"
„So genau eigentlich nicht, nein."
„Eine Lobotomie ist ein äußerst schwerwiegender Eingriff, der zwar sehr leicht zu bewältigen ist, aber unerhörte Folgen für die Psyche des Patienten hat. Diese Eingriffe wurden erstmals in den 30er Jahren des letzten Jahrhunderts ausgeführt. Angeblich, um Menschen von Wahnvorstellungen zu befreien. Dabei werden die Nervenbahnen zwischen Thalamus und Frontallappen sowie Teile der grauen Substanz durchtrennt. Können Sie mir folgen?"
Lena nickte. „Einigermaßen. Warum macht man so etwas?"
„Die Lobotomie wurde ursprünglich zur Schmerzausschaltung in extrem schweren Fällen angewendet, dann bei psychischen Erkrankungen wie Psychosen und Depressionen. Später dann kam der Eingriff in den USA in Mode. Man erhoffte sich wahre Wunder – egal, ob bei hyperaktiven Kindern, erwachsenen Bettnässern oder auch manisch-depressiven Menschen. In

Deutschland wurden diese Operationen bis Anfang der 70er Jahre ausgeführt. Doch als Folge der Lobotomie tritt fast immer eine Persönlichkeitsänderung mit Störung des Antriebs und der Emotionalität auf, oft ergänzt mit vorher unbekanntem Suchtverhalten. Nach dem Eingriff ist niemand mehr so, wie vor dem Eingriff."
Lena schauderte. „Man hat also damals tausende Menschen an ihrer Psyche verstümmelt?"
Sandberger nickte traurig. „Ein ganz erbärmliches Kapitel der Psychiatrie, wenn Sie mich fragen. Bis heute gibt es keine ernsthafte Studie, die jemals den Nutzen der Lobotomie hätte nachweisen können. Aber die Literatur nennt ungezählte Fälle, in denen die Persönlichkeit von Menschen für immer zerstört wurde."
„Warum?"
„Es ist die sicherste Methode, jemandem Erinnerung und Persönlichkeit für immer zu nehmen."
„Aber das geht doch auch mit Psychopharmaka."
„Ja, das ist richtig. Aber bedenken Sie den Aufwand! Fortlaufend muss die Dosis kontrolliert, der Patient beobachtet werden. Beim Absetzen des Medikamentes stellt sich oft der vorherige Zustand wieder ein. Das alles gibt es bei der Lobotomie nicht. Einmal ausgeführt, ist sie unumkehrbar."
„Und was ist mit Oberst Konradi?"
„Ein fürchterlicher Fall. Ich sage Ihnen, was wirklich passiert ist. Aber ich kann Ihnen nicht gestatten, darüber zu berichten."
„Und wenn ich doch darüber schreibe?"
„Ich würde alles abstreiten. Sie haben keinen Zeugen."
Lena lächelte kurz. „Einverstanden.."
„Er wollte alles anders machen, dort in Afghanistan. Er wollte auf die Menschen zugehen, um Verständnis werben. Aber dann ist er im Einsatz durchgedreht. Seine Truppe war aus einem Hinterhalt aus diesem Dorf beschossen worden. Er hat daraufhin ein fürchterliches Massaker befohlen, weil seine

Nerven versagten. Möglicherweise litt er schon länger an einem nicht diagnostizierten Burnout. Auch eine narzisstische Persönlichkeitsstörung können wir nicht ausschließen."
„Was bedeutet das?"
„Anerkennung setzt Endorphine frei, die für das Wohlbefinden wichtig sind. Ein körpereigenes Belohnungssystem. Dieses System ist bei Borderline-Patienten und antisozialen Persönlichkeiten wie Oberst Konradi gestört."
Lena drehte das Wasserglas hin und her und versuchte zu verstehen, was Sandberger erzählte. „Und was ist nun der Auslöser?"
„Konradis Konzept der Truppenführung in Afghanistan ist völlig gescheitert. Die Glücksmomente bleiben aus. Die Belohnung, der Zuspruch fehlen. Der Endorphin-Mangel führt dann rasch zu sozialen Störungen. Deshalb ist er durchgedreht. Jetzt verdrängt er unter furchtbaren seelischen Qualen. Er ist nicht in der Lage, sich dem, was geschehen ist, zu stellen. Er hat mehrfach versucht, sich das Leben zu nehmen weil er mit seiner Schuld nicht leben kann. Deshalb muss er rund um die Uhr fixiert werden."
"Mit Ketten?"
„Leider mit Ketten. Der Mann hat unglaubliche Kräfte. Ich hatte noch nie einen derart gut trainierten Patienten."
„Aber er stellt alles ganz anders dar."
„Natürlich. Sie oder ich, wir beide würden es genauso tun." Er verschränkte die Arme vor der Brust. „Sehen Sie, dort in Afghanistan passieren viele Dinge, die hier undenkbar wären. Dort gibt es Probleme, die Soldaten lösen sollen, weil die Politik versagt hat. Deshalb bitte ich Sie, trotz der Genehmigung des Ministeriums, von einem Bericht abzusehen. Es wäre weniger für ihn, als für seine Familie eine Katastrophe. Sie würden einen unheilbar psychisch Kranken sinnlos zur Schau stellen. Konradi hat Entsetzliches befohlen und ist grausam dafür vom Schicksal bestraft worden."

„Und das Gerede von der Lobotomie?"
„Ich bitte Sie! Was wäre das für ein Land, dass seine Veteranen einer Lobotomie unterzieht?"
Lena stand auf. „Ich werde darüber nachdenken, das Gespräch nicht zu drucken."
Sandberger schüttelte ihr die Hand und lächelte ganz schwach. „Ich bin Ihnen sehr verbunden. Sie sind Leutnant der Reserve, habe ich gehört. Ich hoffe, Ihnen bleibt ein derartiger Auslandseinsatz erspart. Wenn ich einmal irgendetwas für Sie tun kann, zögern Sie nicht, mich anzurufen."
Langsam ging Lena über den Flur zum Ausgang des Militärkrankenhauses. Immer wieder sah sie Konradi vor sich. Sah seine Augen, hörte seine Stimme. Die Stimme eines Menschen, der so Unbegreifliches befohlen hatte. Er würde nie wieder ein normales Leben führen können, so viel stand fest. Lena nahm ihr Handy. Als sie dann gedankenverloren die Nummer der Redaktion wählte, stieß sie mit einem jungen Soldaten frontal zusammen. Er trug an seiner Uniform das Abzeichen der Fallschirmjäger aus Afghanistan. Er stolperte und stürzte fast.
„Oh, das tut mir sehr leid", sagte sie, als er sich wieder gefangen hatte.
Der Soldat trug einen Verband um den Kopf und lächelte sie strahlend an. „Aber nein, aber nein, es ist doch nichts passiert."
Er sah sie an und zwinkerte ihr zu. „Darf ich Sie auf den Schreck zu einem Kaffee in der Kantine einladen? Vielleicht haben Sie auch eine Zigarette für mich? Dort darf man nämlich rauchen. Ich rauche gern, trotz meiner Kopfschmerzen."
Da sah Lena erst, dass auch er ein blaues Auge hatte.

Fernsehgott

Jonny Dietrich trat in das Licht ungezählter Scheinwerfer. Tausende Menschen saßen im Saal und rasten. Einhundert Mal hatte er bisher die große Samstagabend-Show *Dein Kampf* moderiert. Einhundert Mal hatten die Kandidaten sich unsäglichen Strapazen unterzogen. Einhundert Mal hatten Millionen Menschen an den Fernsehern gehangen und gebannt zugesehen, wie Jonny Dietrich seine Kandidaten verhöhnt, beleidigt und gedemütigt hatte. Einhundert Mal hatte der Sender unglaubliche Werbeeinnahmen erzielt.

Das gewaltige musikalische Intro war vorbei, der Beifall ebbte ab. Der Moderator auf der gigantischen Drehbühne hob die Hände. Er sah blendend aus in seinem weißen Smoking und den Stiefeln mit Leopardenfellbesatz. Das schwarze Haar war nach hinten gestriegelt, die große dunkle Brille ließ den markanten Kopf noch kantiger erscheinen. Auf dem Haar trug er einen goldenen Lorbeerkranz. Jonny Dietrich war 35 Jahre alt und der junge Gott des Showgeschäftes. Heute war wieder ein Finale von *Dein Kampf*, der gnadenlosen Show der Superlative. Immer wieder standen dabei großartige Szenen aus Hollywood-Blockbustern im Mittelpunkt. Dieses Mal war es das Motto *Jonny Maximus*, denn Moderator und Sender hatten sich für ein römisches Spektakel entschieden.
Die letzten zwölf Kandidaten mussten sich den schweren Prüfungen unterziehen, Prüfungen für Geist und Körper. Denn darauf legte Jonny Dietrich allergrößten Wert: Er moderierte keine Show, in der Menschen Kakerlaken aßen oder im

Sekundentakt Begriffe aufsagen mussten. Seine Show war das Maß aller Dinge. Niemals sollte es eine Show geben, die monströser und gewaltiger war, als die seine. Jonny Dietrich war der Gott des Fernsehens geworden. Heute Abend würde die Vollendung seiner Apotheose erfolgen, heute Abend würde er unsterblich werden. Diese 100. Sendung war seine endgültige Vergöttlichung und seine Jünger auf mehreren Kontinenten würden dabei sein.
Früher hatte er allerdings einst eine Sendung moderiert, in der die Kandidaten versuchten, irgendwelche Rekorde aufzustellen. Mal war einer dabei gewesen, der behauptete, er könne auf einer Angelschnur durch das Studio balancieren. Der Mann war abgestürzt, doch das Sicherheitsnetz hielt ihn und er prellte sich nur die Schulter. Ein anderer Kandidat behauptete, er könne beim Einatmen von Autoabgasen die Fahrzeugmarke erkennen. Tatsächlich schaffte der Mann sechs von zwölf Autos, doch dann musste er sich übergeben. Noch ein anderer Kandidat zerschmetterte mit der bloßen Hand tiefgefrorene Baguette-Brote.
Doch das waren Darbietungen, die Jonny Dietrich insgeheim verachtete. Deshalb hatte er mit Experten des Senders in mühevoller Kleinarbeit *Dein Kampf* kreiert. Hier ging es nicht um zerbrochene Brote oder eingeatmete Abgase, hier ging es um Alles. Die Kandidaten konnten nur gewinnen oder verlieren. Und der Gewinn war völlig individuell. Wer auf einer Insel leben wollte um dort Pferde zu züchten, bekam eine Insel. Wer ein eigenes Modelabel aufbauen wollte, erhielt es samt Couturiers. Wer von einem Weinberg träumte, bekam ein Weingut samt Personal, wer auf einer 150-Fuß-Yacht leben wollte, bekam das Schiff mit Besatzung. Egal, ob Insel, Modelabel, Weinberg oder Yacht: Der Gewinn galt ein Leben lang, egal, wie teuer er auch war.
Aber wer verlor, der verlor auch richtig. Er blamierte sich nicht nur vor dem Fernseh-Publikum. Denn wichtiger Bestandteil

von *Dein Kampf* war die vollendete geniale Demütigung der Verlierer. Dafür gab es *Meine Schande*, ein TV-Magazin, das sich jede Woche täglich einem der Verlierer widmete, denn jeder Kandidat hatte eine Schwachstelle, die dort öffentlich zur Schau gestellt wurde. Die Folgen konnten fürchterlich sein. Ein Kandidat, der unter heftiger Hypochondrie litt, unterzog sich live einer Darmspiegelung. Eine hysterische Frau verbrachte einen ganzen Tag lang nackt in einem engen Käfig vor betrunkenen Insassen einer Strafanstalt. Unvergessen war auch die Zurschaustellung eines Vegetariers, der sich auf dem Schlachthof eine Woche lang nur von Fleischabfällen ernähren durfte.

Menschenrechtsorganisationen, Politiker und Geistliche waren Sturm gegen *Dein Kampf* und *Meine Schande* gelaufen, Gerichte hatten sich damit befasst. Doch am Ende siegten immer die Show und der Sender. Immer wieder entschieden die Richter, in einem freien Land habe jeder Bürger das Recht, sich an diesem Spektakel zu beteiligen. Niemand werde dazu gezwungen. Und so lockte der unermessliche Gewinn immer neue Kandidaten an, während die nicht abreißenden Proteste den Beliebtheitsgrad der Show nur noch verstärkten. Niemand konnte schließlich mehr sagen, was ihm besser gefiel: Die Aufgaben in *Dein Kampf* oder aber die Demütigungen in *Meine Schande*.
Jonny Dietrich war innerhalb kürzester Zeit zum größten Entertainer aufgestiegen. Frauengruppen hatten ihm mit Anschlägen gedroht, religiöse Aktivisten forderten eine Verurteilung wegen Gotteslästerung. Hatte die Werbeindustrie einst verkündet, niemals im Umfeld dieses Spektakels Spots zu schalten, so bröckelte diese Front mit den steigenden Einschaltquoten. Schließlich gab es kaum noch ein Unternehmen, das nicht bereit war, im Umfeld der Samstagabendshow *Dein Kampf* zu werben. Die Show war

geschmacklos, widerwärtig, menschenverachtend – und genau deshalb so beliebt.

Jetzt also stand das große Finale an. Die Kameras richteten sich auf Dietrich. Er blieb hinter seiner großen dunklen Brille verborgen und niemand wusste, welche Gefühle er für seine Kandidaten hegte – wenn er denn überhaupt welche hatte. Er begrüßte knapp und unbewegt die Fernsehzuschauer und empfing dann die Kandidaten, die angekettet wie Galeerensklaven von ihren Bewachern in Legionärskostümen hereingeführt wurden. Dazu erklang die Titelmusik von *Gladiator*. Hin und wieder ließ einer der Bewacher seine Peitsche knallen. Das Publikum war angetan. Atemlose Stille herrschte, als Jonny Dietrichs Schiedsrichter in römischen Togen auf die Bühne traten. Sie würden darüber wachen, dass alles mit rechten Dingen ablief. Der hintere Teil der Bühne drehte sich und gab eine Arena mit einem durchsichtigen Wasserbassin frei. Zwei Kandidaten wurden auf einer Sitzbank angekettet. Ihre Aufgabe bestand darin, mit einem Ruder die anderen Kandidaten, die im Wasser schwammen, zu treffen. Ein vergleichsweise harmloses Spiel, denn im schlimmsten Falle ging ein Kandidat unter und schluckte Wasser. Nur ein einziges Mal mussten die anwesenden Rettungsschwimmer eingreifen, als die Ruderer eine Frau mehrfach so lange unter Wasser drückten bis sie nicht mehr auftauchte.

Nach dem Spiel gab es eine kurze Umbaupause, wieder bewegte sich die Drehbühne und die Kandidaten zogen sich um. In der Zwischenzeit begrüßte Jonny Dietrich einen prominenten Gast, der als Regisseur eine bluttriefende Saga über Gladiatoren für das Privatfernsehen produzierte. Die Kandidaten kamen zurück und mussten in einer Quizrunde bestehen – auf Latein. Vier Wochen lang hatten sie vor der Show Möglichkeit gehabt, Vokabeln und Grammatik zu pauken. Untertitel informierten die Zuschauer. Wer falsch deklinierte oder seine Vokabeln nicht konnte bekam Stockschläge. Das Publikum lachte sich kaputt. Kein Mensch verstand das lateinische Gebrabbel, doch so bot der Sender auch den Rundfunkräten und den Landesmedienanstalten etwas intellektuelles Futter.

Dann begann das zweite Spiel. In der Arena war jetzt statt des Wasserbassins ein großer Käfig. Unter tosenden Fanfaren traten Ultimate-Fighter in knappen Ledertrikots ein. Muskulös und glänzend, standen die Kämpfer im Licht der Scheinwerfer. Jonny Dietrich winkte seine Kandidaten heran. Auch sie trugen Ledertrikots. Assistenten ölten sie ein, während das Logo des Herstellers der Lotion eingeblendet wurde. Die Schiedsrichter standen neben der Kampfbahn und Jonny Dietrich setzte sich in einen hohen goldenen Sessel um das Geschehen besser überblicken zu können. Der Kampf sollte nach den klassischen Regeln des Faustkampfes der Antike stattfinden. *The bloody Imperium of Martial-Arts*, nannte Jonny Dietrich dieses Spiel und erklärte, seit der Antike habe es keinen derart technisch anspruchsvollen und brutalen Kampf mehr in der Öffentlichkeit gegeben. Er ließ mit großer Geste ein rotes Seidentuch fallen und das Spektakel begann. Die Schiedsrichter umkreisten die Fighter, Kameraleute rannten durch den Sand. Im Halbdunkel standen Sanitäter.

Schon nach einer guten Minute gab der erste Kandidat auf. Sein Gegner hatte ihm mit dem Ellenbogen einen derben Hieb gegen die Augenbraue verpasst. Unter den Buh-Rufen der Zuschauer verließ der Mann blutend die Arena und wurde ärztlich versorgt. Nur eine läppische Platzwunde. Der Spott dröhnte dem Verlierer hinterher, der weinend im Erste-Hilfe-Raum zusammenbrach.

Der Fernsehgott saß mit heiterer Miene in seinem goldenen Sessel und kommentierte das Geschehen. Mal zynisch, mal witzig, mal geistreich. Er war ein Top-Entertainer, der alle Register zog. Seine Kandidaten wehrten sich tapfer. In der einen Gruppe gelang es ihnen, einem Profi den Daumen zu brechen. Das trockene Knacken des zerstörten Gelenkes war gut im Saal zu hören und löste spontanen Beifall aus. Auf den Wink des Schiedsrichters traten die Sanitäter hinzu, der Kampf wurde abgebrochen. Tage später musste dem Kämpfer der Daumen wegen einer Entzündung amputiert werden. Blut und Öl mischten sich in den Gesichtern. Die Kameras fingen Großaufnahmen ein. Das Publikum tobte. Das war ein Kampf, wie er sein musste. Die Kameraleute gaben ihr Bestes. So sahen Millionen Zuschauer den entscheidenden Moment, als die Kandidaten einem Profi den Kopf so festhalten konnten, dass es möglich war, ihn an den Ohren zu reißen. Fast bis zur Hälfte trennten sie ihm das rechte Ohr ab, ehe die Schiedsrichter eingreifen konnten. Ein Regelverstoß, den das Publikum dennoch mit Applaus bedachte.

Nach nicht einmal acht Minuten war das *The bloody Imperium of Martial-Arts* beendet. Die Sieger wurden verbunden, die Verlierer waren entweder auf dem Weg ins Krankenhaus oder wurden hinter den Kulissen von den Psychologen des Senders betreut, denn die Niederlage musste einigermaßen verarbeitet werden bevor in der kommenden Woche die größere Demütigung, die Teilnahme in *Deine Schande,* bevorstand.

Jonny Dietrich kündigte seine nächsten Gäste an: Eine legendäre Heavy Metall-Band. Von der Decke des Saales regneten Unmengen zarter Rosenblätter auf die Musiker hinab. Klirrend traten zwei Dutzend muskelbepackter Männer und Frauen in verschiedenen Kostümen zu harter Gitarrenmusik ein. Da waren *Retarier* mit Netzen und Dreizack, *Thraker* mit Helmen und Beinschienen und *Provocatori* mit Sandalen und Kurzschwertern. Sie zeigten dem Publikum einen großartigen Schaukampf, lange einstudiert und sorgfältig choreografiert. Das war das Fernsehballett des Senders, das eigentlich aufgelöst werden sollte, jedoch auf Wunsch des Intendanten immer wieder integriert wurde.

Dann begann das nächste Spiel. Gewaltige Musik ertönte. Ein Hügel, auf dem zwei Kreuze standen, war zu sehen. Ein Raunen

ging durch das Publikum. Die verbliebenen Kandidaten trugen die Kleidung römischer Soldaten. Bühnenhelfer brachten zwei halbnackte Männer hinein. Es waren Studenten, die an diesem Abend mehr verdienten, als sie an Studiengebühren bis zum Examen zahlen würden. Die Kandidaten bekamen Geißeln in die Hände gedrückt. Ein Zenturio im Brustpanzer erschien, eine Weidenrute unter dem Arm. Das Gesicht mit der dunklen Brille lag hinter einem gewaltigen Helm. Es musste Jonny Dietrich sein, denn er befahl, die Delinquenten, zu geißeln und dann mit Stricken an die Kreuze zu binden. Wer sich weigerte zu schlagen, schied aus. Das Publikum war fasziniert. Würden die Kandidaten so weit gehen, für den Gewinn der Show einen wehrlosen Menschen zu quälen?
Ein Kandidat warf seine Geißel hin und schüttelte den Kopf. Der Zenturio forderte ihn auf, die Geißel wieder aufzunehmen. Der Kandidat verschränkte die Arme vor der Brust und schüttelte entschieden den Kopf. Ein zweites und drittes Mal wurde er ermahnt. Ohne Erfolg. Da nahm der Zenturio seine Weidenrute und hieb dem Mann ohne Vorankündigung ins Gesicht. Der taumelte blutend zurück, während ihm der Zenturio nachsetzte. Zwei Bühnenhelfer griffen den Kandidaten und führten ihn ab. Für ihn war die Show zu Ende und er würde spätestens es bei *Deine Schande* bereuen, so weichherzig gewesen zu sein.
Als endlich der erste Kandidat zögernd seine Geißel auf den Rücken des einen der beiden halbnackten Männer sausen ließ, begann das Publikum zu applaudieren. Die anderen Kandidaten holten jetzt auch aus und schlugen zu – die Menschen im Saal klatschten im Rhythmus der Schläge. Die beiden Delinquenten schrien auf. Der Zenturio beendete das Spektakel leider früher, als es dem Publikum lieb war, denn aus der Regie war die Meldung gekommen, man habe schon gnadenlos überzogen. Dennoch hatten die Männer eine Reihe tiefer roter Striemen auf dem Rücken. Die Kreuze wurden herabgelassen und die

Delinquenten mit groben Stricken daran gefesselt. Dann fuhren sie mit den blutenden Männern wieder in die Höhe. Ein Murmeln ging durch die Zuschauer. Prügeleien, ein Quiz auf Latein und die Kreuzigung waren ja ganz schön, aber was blieb noch für das Finale?
Erneut erklang dramatische Musik. Scheinwerfer richteten sich auf eine Gruppe von Menschen, die einen Mann in einem weißen Gewand begleiteten, der ein Kreuz trug. Er hatte langes wirres Haar und eine Dornenkrone auf dem Kopf. Blut klebte an seiner Stirn, eine Binde verdeckte sein Gesicht. Er wurde auf das Kreuz gelegt, das an einer Vorrichtung zwischen den beiden bereits gekreuzigten Studenten befestigt wurde. Der Zenturio zeigte Nägel und einen Hammer. Das Publikum hielt entsetzt den Atem an. Eine großartige Idee. Doch die Kandidaten zögerten. Erneut schmiss einer die Geißel hin und hatte genug. Er ging wortlos von der Bühne. Ein weiterer folgte ihm. Dieses Mal pfiff das Publikum nicht mehr so überzeugt. Drei Kandidaten waren übrig, zwei Männer und eine Frau. Einer nahm zögernd einen der Nägel in die Hand. Die Frau reichte ihm den Hammer. Der zweite Mann drückte die Hand des dornenbekränzten Opfers ans Holz. Die Kandidaten sahen sich an. Ihre Gesichter zeigten Verzweiflung. Dann dröhnten dumpf die Hammerschläge durch das Studio. Erst die Hände, dann die Füße des Mannes nagelten die drei Kandidaten an das Holz. Es schien eine Ewigkeit zu dauern. Dann wurde das Kreuz aufgerichtet. Als es stand, fiel die Binde hinab und die Kamera fuhr an das Gesicht heran. Es war Jonny Dietrich.
Ein Tumult brach aus. Die Menschen auf den Rängen schrien vor Entsetzen, viele versuchten aus dem Saal zu fliehen. Hilflos standen die verbliebenen Kandidaten unter dem gekreuzigten Entertainer, von dessen Füßen und Händen das Blut auf sie herabtropfte. Als man ihn endlich vom Kreuz nahm, war er tot. Auf seinem Gesicht lag ein verklärtes Lächeln, in seiner Nase waren Unmengen an Kokain. Nie wieder erreichte eine Show

so viele Menschen wie die 100. Sendung *Dein Kampf*. Untersuchungskommissionen wurden gebildet, Staatsanwälte ermittelten. Nach dem Zenturio, der die Nägel verteilt hatte, suchte man lange vergebens. Niemand wusste, wer er war und wie er in den Saal gekommen war. Keiner der Bühnenarbeiter hatte ihn je zuvor gesehen. Die Sendung wurde mehrfach wiederholt und die Zuschauer weltweit aufgefordert, den Zenturio zu identifizieren. Der Intendant des Senders wurde in den Vorruhestand versetzt, die verantwortlichen Redakteure degradiert. Der Drehbuchautor kam in Erzwingungshaft. Aber auch ihm war der gepanzerte Unbekannte völlig unbekannt. Manche Blogger behaupteten, er sei ein abartiger Krimineller, der Jonny Dietrich willenlos gemacht habe, andere sahen in ihm wahlweise ein Werkzeug Gottes oder des Satans. Die Schriften von Nostradamus wurden wieder hervor gekramt, Okkultisten sagten im Astro-TV den Untergang der Welt voraus.

Und irgendwann tauchte dann doch der verschwundene Zenturio auf – eine Boulevard-Zeitung hatte ihn nach monatelangen Recherchen entdeckt. Er war ein arbeitsloser Schauspieler aus der Provinz und von Jonny Dietrich angeheuert worden. Ein Gericht verurteilte ihn wegen Sterbehilfe zu einer Haftstrafe. Doch der Tod von Jonny Dietrich war nicht vergebens gewesen. Genau 900 Tage nach seiner Kreuzigung entschied eine päpstliche Kommission, die Heiligsprechung des legendären Show-Entertainers einzuleiten.

Die Seele der Dinge

Ein Termin mit dem Makler. Anordnung vom Amt. Viel lieber hätte ich mich mit dem Vermieter selbst getroffen. Aber das ging nicht. Früher, ja früher hatte ich die Zeitung aufgeschlagen und mir die Anzeigen angesehen und mir etwas heraus gesucht. Als Studentin war es damals nicht so schwer eine Wohnung zu bekommen. Wichtige Voraussetzung war ein einwandfreies Outfit. Das hieß bei potentiell konservativen Vermietern Kostüm, bei potentiell liberalen Jeans und Bluse und bei potentiellen Linken Palästinensertuch. Wobei ich mich nicht erinnern kann, damals oft zu den beiden letzteren Varianten gegriffen zu haben. Aber ich hatte immer eine schöne Wohnung. Wichtig war es immer nur, dass die Vermieter nicht im Hause wohnten, denn meine Besucher wollte ich nun wirklich nicht kontrollieren lassen. Ich wohnte mal hier und mal dort, bis ich in eine geräumige Zwei-Zimmer-Wohnung im Süden der Stadt zog, die in einem grauen aber recht gemütlichen soliden Wohnblock lag. Ein paarmal besuchten mich meine Eltern und damaligen Freunde hier, einmal feierte ich sogar meinen Geburtstag in großem Kreis – so intensiv, dass irgendwann die Polizei vor der Tür gestanden hatte. Aber das war inzwischen sehr lange her.

Jetzt war alles anders. Ich war schon lange keine Studentin mehr. Meine Eltern waren lange tot und meine Freunde in alle Winde verstreut. Ich bin eine Frau von über 50 Jahren, die immer ein Single-Dasein geführt und nun plötzlich ihren Arbeitsplatz verloren hatte. Das war verdammtes Pech, denn eine neue Stelle stand nicht in Aussicht. Ich war Disponentin bei einer großen Spedition gewesen, ein Job, der nicht untypisch war für eine Soziologin, denn mit meinen eher durchschnittlichen Abschluss von einer norddeutschen Reform-Universität kam damals höchstens eine Karriere hinter dem Steuer eines Taxis in Frage. Aber das war Ende der 70er Jahre noch eine Männerdomäne. Ich hatte mit dem Gedanken gespielt, an der Universität zu bleiben, doch der Dekan machte mir rasch klar, dass er nicht darauf erpicht war, sein Personal aufzustocken, noch dazu mit einer wissenschaftlich nicht übermäßig begabten Frau, die überdies von seinen Avancen wenig hielt. Der weitere öffentliche Dienst schied ohnehin aus, da ich mich nie politisch oder gewerkschaftlich betätigt hatte.

Über 30 Jahre waren seither vergangen. Ich hatte in der Disposition dieser Spedition gesessen, hier und da ein paar Affären gehabt, einmal eine längere Beziehung, dann viele Jahre Einsamkeit – und plötzlich stand mein Fünfzigster Geburtstag vor der Tür. Ich zog Bilanz. Das ging sehr schnell. Auf der Habenseite stand eigentlich außer meiner Katze Frieda und dem alten VW Golf nicht viel. Keine Kinder, kein Partner, keine Eigentumswohnung. Meine spärlichen Freunde beschränkten sich auf eine Gymnastikgruppe und eine Truppe von Damen meines Alters, mit denen ich einmal im Monat kegeln ging. Nicht etwa, weil mir das Kegeln gefiel, doch es war eine Möglichkeit aus dem Haus zu kommen und bei einer völlig sinnlosen Tätigkeit den Alltag zu vergessen.
Eine Zeitlang war ich auch Mitglied eines Sportstudios gewesen. Aber die Abstände, in denen ich dort trainierte, wurden immer länger während die anderen Besucher immer jünger wurden. Unter die Dusche traute ich mich nach dem Training schon lange nicht mehr, denn ich hatte weder Tätowierungen, noch Piercings, dafür aber inzwischen eine Menge wabbeligen Hüftspeck, der hartnäckiger an mir klebte als ein Versicherungsvertreter. Ich duschte fortan zu Hause und

eines Tages beschloss ich, das Sportstudio einfach nicht mehr zu besuchen.

Aber ich war nicht unzufrieden, keineswegs. Frieda und ich führten eine großartige Beziehung. Sie verlangte stets volle Fressnäpfe und belohnte mich dafür mit unendlicher Zuneigung. Frieda bekam ein überaus gesundes und nahrhaftes Futter, das in goldenen Becherchen abgefüllt war und dafür sorgte, dass die Katze sich wie in einem Gourmet-Restaurant fühlte. Natürlich wusste ich, dass diese Zuneigung schlagartig in dem Moment aufhören würde, wo ich den Napf nicht mehr füllte. Doch das war mir egal.

Außer Frieda gab es noch Herbert, einen Arbeitskollegen, mit dem ich jeden Sonntag Kaffee trinken ging. Herbert war schwul, übergewichtig, fast kahl und trug immer denselben schlecht sitzenden grauen Anzug und war Leiter der Buchhaltung in der Spedition. Herbert sammelte alles Mögliche und konnte sich von nichts trennen. Ein paarmal war ich zu Besuch in seiner verwinkelten Wohnung gewesen, in der es aussah wie beim letzten Trödler. Alte Möbel, Koffer, Musikinstrumente, Kartons voller Bücher und Bekleidung standen in den Zimmern herum. Man wüsste nie, so pflegte er zu sagen, wozu man diese Dinge noch einmal brauchen könnte. Jeder Gegenstand sei eines Tages wieder zu etwas gut. Alle Dinge hätten eine Seele und wären Teil unseres Schicksals. Deshalb hebe er alles auf.

Das also war Herbert, der Sammler und Buchhalter. Vielleicht war er tatsächlich so etwas wie ein Freund für mich. Immer, wenn wir gemeinsam in einem der tristen Cafés saßen, in denen ältere Damen stundenlang wortlos hockten, beobachtete ich Herbert heimlich wie er seinen Bienenstich aß. Herbert benutzte dazu seine Gabel mit einer solchen Sorgfalt, wie er auch die Konten führte. Er benötigte für sein Stück Kuchen ebenso lange, wie ich für ein Stück Frankfurter Kranz und eine gute Portion Käse-Sahne-Torte. Ebenso langsam trank er seinen

Kaffee. Er spreizte dabei den kleinen Finger ab, auf dem Siegelring steckte, den er vor vielen Jahren von seinem Vater geerbt hatte. Immer wenn wir fertig waren, saßen wir noch eine Weile am Tisch und plauderten über belanglose Dinge. Herbert war wie ich ein Single in meinem Alter und träumte von einem jungen, gut gebauten Mann. Wir schauten aus dem Fenster des Cafés und sahen uns die Passanten an. Manchmal seufzte Herbert wenn ein sportlicher gut gebauter Junge des Weges kam. Herbert sehnte sich nach einem sexuell ansprechenden Liebesleben, ich hingegen war froh, dass ich mit solchen Dingen abgeschlossen hatte. Wenn ich doch hin und wieder an einen Partner in meinem Alter dachte, stellte ich mir Herbert nackt vor, nur mit dem albernen Siegelring am Finger. Dann kehrte sofort wieder Ruhe in meinen Hormonhaushalt ein.

Auch nachdem ich meine Kündigung bekommen hatte, saß ich mit Herbert ein paar Tage später in diesem Café. Herbert seufzte bekümmert, zerlegte seinen Bienenstich noch umständlicher als sonst und zählte auf, wer künftig wohl noch die Firma verlassen musste, denn es stand nicht gut um die Spedition. Er tröstete mich umständlich und bezahlte Kaffee und Kuchen. Dann gab er mir noch ein paar Ratschläge, was ich dem Amt erzählen sollte und dass ich mich auf keinen Fall vor den Menschen zurückziehen solle. Wenn ich das Gefühl hätte, eine Depression schleiche sich in mein Leben, solle ich ihn sofort anrufen. Außerdem bestand er darauf, so lange ich arbeitslos war, unsere Kaffee-Nachmittage zu bezahlen. Mir kamen fast die Tränen vor Rührung. So hatte ich Herbert noch gar nicht kennen gelernt. Ich willigte in sein Kuchen-und-Kaffee-Angebot ein und ging an diesem Tag mit dem Gefühl nach Hause, meine Auszeit vom Arbeitsmarkt könne nicht allzu lange dauern und ich könnte mich bald mit einer Einladung bei ihm revanchieren. Doch da sollte ich mich gründlich getäuscht haben. Es begann eine absonderliche Odyssee für mich, die ich bisher nur aus

Reportagen im Fernsehen kannte. Regelmäßig bestellte mich der zuständige Sachbearbeiter ins Arbeitsamt um mir zu erklären, er hätte keine Stelle zu vermitteln. Im Fernsehen hörte ich Politiker und Manager von den erfahrenen älteren Arbeitnehmern reden, auf die kein Unternehmen verzichten könne, doch ohne mich kamen diese Firmen offensichtlich sehr gut aus. Ich hatte in den ersten Wochen nach meiner Kündigung eine Reihe von Bewerbungen versendet, auf die nicht eine einzige Antwort kam. Schließlich schickte mich das Amt zu zwei Vorstellungsgesprächen, bei denen mir drahtige Personalchefs, die meine Söhne hätten sein können, mitteilten, eigentlich bräuchten sie jemanden, der deutlich jünger sei und höchstens halb so viel an Gehalt fordere. Ich versuchte meine berufliche Erfahrung ins Spiel zu bringen, erntete aber nur müdes Lächeln. Ein Gespräch endete mit dem Hinweis, man wolle mich nun wirklich nicht länger aufhalten, ich habe sicherlich noch Besorgungen zu machen, das andere mit dem Hinweis, doch vielleicht lieber putzen zu gehen.
Die Zeit verging. Monat um Monat verstrich. Ich lernte mit deutlich weniger Geld auszukommen, versandte hin und wieder Bewerbungen, ging regelmäßig zum Amt und traf ab und an Herbert, der mir verzweifelt versuchte, Mut zu machen. Frieda bekam inzwischen billigeres Futter und zahlte es mir dadurch heim, dass sie mit einem hässlichen dicken Kater aus der Nachbarschaft anbandelte. Ein paar Tage später teilte man mir mit, dass mein Arbeitslosengeld nun gekürzt werde, außerdem hätte ich in einer bestimmten Frist meine Wohnung zu verlassen, denn diese sei zu groß für eine Person, die auf staatliche Zuwendungen angewiesen sei. Ich möge mich mit dem Makler verabreden, dessen Nummer dem Schreiben beigefügt sei. Dieser hätte Objekte in der Wiesenstraße, die meinem neuen sozialen Status entsprechen würden. Der neue soziale Status war in einer schäbigen Trabantensiedlung, in der Frieda garantiert innerhalb von 48 Stunden eine brennende

Papiertüte an den Schwanz gebunden bekam wenn sie nicht vorher von einem besoffenen Autofahrer in einem tiefer gelegten GTI überfahren worden war. Mit Bauchschmerzen setzte ich mich in meinen alten Opel und fuhr von meiner Wohnung in das Land der fliegenden Messer, wie der Stadtteil spöttisch bei meinen ehemaligen Kollegen genannt wurde.
Die Wiesenstraße war eine trostlose Gegend. Eine Wiese war weit und breit nicht zu sehen, vermutlich wurde das einzige Gras, das es hier gab, von den schmuddeligen Jugendlichen geraucht, die sich in den Hauseingängen herumdrückten.
Der Makler war schon da. Er trug einen teuren Anzug und hatte einen edlen Aktenkoffer dabei. Inmitten der betongewordenen Ödnis stand am Straßenrand sein strahlender Jaguar wie ein Raumschiff, das in einer fremden Welt gelandet war. Er blickte gerade missmutig auf seine Uhr als ich ankam. Ich stellte mich vor und er schaute mich kurz von oben bis unten an. Dann winkte er mir, ihm zu folgen. Wir gingen in einen der Wohnblocks, durchschritten einen Flur, in dem einige Haufen Altpapier und Flaschen lagen. In einer Ecke hatte jemand einen Haufen Prospekte abgelegt, die das Frühjahresangebot eines Möbelhauses anpriesen. Jetzt hatten wir Oktober. Am Fahrstuhl war ein Schild auf dem stand „Außer Betrieb" – und so wie das Schild aussah, hing es dort mindestens so lange, wie die Prospekte im Flur lagen. Wir gingen in den fünften Stock und ich war völlig außer Atem. Mir fiel das Sport-Studio ein, in dem ich einst Mitglied gewesen war. Zumindest über einen Mangel an körperlicher Bewegung bräuchte ich mir angesichts der fast 100 Stufen in Zukunft keine Gedanken mehr zu machen.
Wir gingen über einen langen Flur mit lädierten Wohnungstüren von denen die Farbe abplatzte. Es roch nach Hund und altem Essen. Der Makler ging auf eine der Türen zu und schloss die Wohnung auf. Fieser Mief nach Müll und Zigaretten strömte heraus. Ein kleiner Flur, eine Küche mit einer uralten fettverschmierten Einbauküche, ein Bad mit

rissigen Fliesen und einer schmutzigen Badewanne. Dann noch zwei finstere Räume mit zerkratztem Laminat und schlecht verklebter Raufaser. Auf dem Fußboden standen einige Kartons mit alten Zeitschriften und kaputten Klamotten. Alles in allem ein abscheuliches Dreckloch.
"Aha", sagte ich ironisch. "Sehr interessant. Wenn man hier mal etwas Geld reingesteckt hat, kann`s richtig schön werden."
Er lächelte süffisant. "Was haben Sie denn erwartet, gute Frau? Vielleicht eine Suite in den *Vier Jahreszeiten*? Ja, ein Traum ist es natürlich nicht. Man muss was draus machen."
"Das kann man wohl sagen."
"Aber in Ihrer Situation sind Träume vielleicht auch nicht ganz angebracht. Da müssen Sie nehmen, was es für Menschen in Ihrer Lage nun mal gibt. Schließlich zahlen Sie ja auch nichts dafür, das macht der Steuerzahler."
Eine Frechheit. Als wenn ich die letzten 30 Jahre auf seine Kosten gelebt und nicht einen Haufen Geld für meine Sozialversicherung berappt hätte. Drei Jahrzehnte hatten irgendwelche Leute wie die Vormieter dieser Bruchbude von meinen sauer verdienten Steuergeldern profitiert, aber ganz bestimmt nicht von der Courtage dieses Maklers. Ich schluckte den Ärger hinunter, sah mich um und öffnete eins der Fenster um den Mief hinauszulassen. Der Griff fühlte sich klebrig an.
Er sah in seine Unterlagen. "Das sind genau 48 Quadratmeter, also sogar etwas mehr, als Ihnen zusteht. Aber da bin ich großzügig. Das muss ja keiner wissen." Er zwinkerte mir zu – so wie die Schlange wohl dem Kaninchen zuzwinkern würde wenn sie es mit ihren lidlosen Augen denn könne.
Ich ging durch die beiden Wohnräume. Überall Kratzspuren. "Hatte der Vormieter eine Katze?" fragte ich.
"Nein. Bestimmt nicht." Er fummelte an seinem Handy herum. "Nee, Haustiere sind hier nicht erlaubt. Das waren wohl Kinder oder so. Diese Ausländer haben ja immer einen ganzen Stall voll davon."

„Keine Haustiere?"
„Keine Haustiere. Das ist verboten. Darauf legt die Hausgemeinschaft großen Wert."
„Komisch, ich dachte, mindestens einen Hund gerochen zu haben."
„Hmmm." Er schüttelte den Kopf. „Verboten. Eigentlich verboten." Er sah mich an. „Haben Sie denn Haustiere?"
"Ja, eine Katze."
„Auf die werden Sie wohl verzichten müssen. Bringen Sie das Tier ins Heim, da wird bestimmt gut für sie gesorgt."
„Sie würde im Heim jämmerlich eingehen. Eine Katze stört doch niemanden."
„Bedaure. Nicht erlaubt."
„Und der Hundegeruch? Da halten doch offensichtlich auch noch andere Leute Tiere!"
Er sah auf seine Armbanduhr, die vermutlich so viel kostete, wie ich im Jahr bisher an Arbeitslosengeld bekommen hatte.
„Hören Sie, ich muss zum nächsten Termin. Aber ich will sehen, was ich tun kann für Ihre Katze. Ich bin ja kein Unmensch."
„Was können Sie denn für die arme Frieda – äh – also meine Katze tun?"
„Frieda?" Er lachte, aber es war kein besonders schönes Lachen. „Frieda heißt Ihre Katze? Mein Gott, was für ein Name! Alleinstehende Frauen und Katzen. Sie würden wahrscheinlich alles für das Tier tun, nicht wahr?" Er beruhigte sich wieder. „Ich will mal so sagen: Ich mache die komplette Wohnungsvermittlung für diverse Ämter. Das ist kein leichter Job, aber es muss sich ja jemand auch für diese Sachen engagieren. Es gäbe da natürlich schon eine Möglichkeit. Ist aber etwas kompliziert."
„Und was für eine?"
„Ich könnte mit dem Hausmeister sprechen."
„Und dann?"

„Tja, der hat hier auch keinen leichten Job. Die Mieter sind nicht alle so wie Sie sich das vielleicht wünschen. Komische Typen dabei. Nee, also Hausmeister möchte ich hier wirklich nicht sein, wenn Sie mich fragen."
Er ging mir fürchterlich auf den Geist mit seinem Gerede, aber ich riss mich zusammen. „Was ist denn nun mit dem Hausmeister und meiner Katze?"
Er zuckte die Schultern. „Vielleicht lässt er das durchgehen. Könnte sein. Vielleicht auch nicht. Schwer zu sagen. Er renoviert gerade seine Wohnung, da kann er vielleicht etwas Unterstützung ganz gut gebrauchen."
War ich naiv? Für einen Moment glaubte ich wirklich, dieser Hausmeister suche jemanden, der ihm beim Streichen half. Doch das mokante Lächeln meines Gegenübers passte nicht zu einem Hausmeister, der seine Wohnung renovierte. Mir dämmerte es langsam.
„In welcher Höhe braucht er denn Unterstützung?", fragte ich.
Der Makler lächelte breiter. „Na, das haben Sie jetzt aber gesagt! Ich habe keine Ahnung. Wirklich nicht. Wissen Sie was? Ich würde Ihnen einfach seine Telefonnummer geben und Sie fragen ihn dann, wie Sie helfen können."
Ich überlegte. Sah mich noch einmal um. Sah die hässliche Wohnung, roch den Mief. Dann sah ich wieder den Makler an.
„Gäbe es vielleicht noch die Möglichkeit, eine andere Wohnung zu sehen?"
„Nun ja...." Er schüttelte den Kopf. „Eigentlich nicht. Sie sind ja nicht in der Lage, eine andere Wohnung zu bekommen. Also von Amts wegen, meine ich."
Ich lächelte ihn an, obwohl es mir sehr schwer fiel. „Vielleicht renoviert aber woanders noch jemand seine Wohnung und braucht etwas Unterstützung?"
Mein Gegenüber lachte. „Ich sehe Sie schon vor mir, wie Sie mit Pinsel und Rolle zugange sind!"
„Vielleicht?"

„Lassen Sie mich mal nachdenken." Er schwieg und kratzte sich am Kopf. „Ja, vielleicht ginge da was. Aber ich kann Ihnen nicht allzu viel Hoffnung machen."
Ich atmete durch. „Wie könnte ich denn jemandem so richtig unter die Arme greifen damit die Renovierung rasch angeschlossen ist? Vielleicht renovieren Sie ja auch gerade?"
„Ich? Er grinste, „Sehe ich aus, als wenn ich selbst renovieren würde?"
Ich nahm meinen ganzen Mut zusammen. „Ja, so sehen Sie aus. Sie sehen aus, wie jemand, der dringend Unterstützung bei einer Renovierung sucht."
Sein Grinsen verschwand augenblicklich. „Sind Sie sich da sicher?"
Ich dachte an meine kleine Lebensversicherung, die ich bisher erfolgreich dem Amt verheimlicht hatte. „Ja, ganz sicher. Wie viel Hilfe brauchen Sie bei Ihrer Renovierung?"
Er sah mir durchdringend in die Augen. „Das kann ich mir nicht vorstellen. Sie können mir dabei gar nicht helfen. Sie nicht."
„Doch. Ich kann. Also, wie viel?"
Er sah erneut auf seine Uhr. „Ich habe nicht viel Zeit. Aber ich kann Ihnen etwas zeigen, was vielleicht Ihren Vorstellungen etwas mehr entgegen kommt. Kommen Sie."

Wir verließen den schäbigen Wohnblock in der Wiesen-straße. Unten vor dem Haus bedeutete er mir, ihm mit dem Auto zu folgen. Wir fuhren eine Weile durch die Gegend und kamen dann in ein Neubauviertel in der Südstadt. Kräne ragten wie Türme in den Himmel. Hier entstanden – wenn man dem Bauschild trauen durfte - *Öffentlich geförderte Mietwohnungen mit Loftcharakter in City-naher Lage.* Wir hielten vor einem Rohbau und stiegen aus. Keine Menschenseele war zu sehen. Die Bauarbeiter hatten anscheinend schon Feierabend und bisher war noch keines der Gebäude bezogen worden. Überall lagen große Stapel von Baumaterial herum, auf dem

Nachbargrundstück war damit begonnen worden, Holzverschalungen mit Beton für eine gigantische Tiefgarage auszugießen. Wind war aufgekommen, irgendwo schlug eine Plane rhythmisch gegen ein Baugerüst.
„Passen Sie auf, wo Sie hintreten. Hier liegen überall Bauteile herum." Er eilte in das Treppenhaus des Rohbaus. „Kommen Sie, ich habe nicht den ganzen Tag Zeit. Vorsicht am offenen Fahrstuhlschacht, da fehlt teilweise die Absperrung!" Er nahm die Treppe im Sturm, in der einen Hand seinen Koffer, mit der anderen sich am rohen Mauerwerk abstützend. Ich keuchte hinterher. Schon wieder bergauf laufen. Mein Herz hämmerte. Im fünften Stock ging er einen Flur entlang und blieb vor einer Wohnung stehen.
„Das hier ist die Alternative. Parkett, hochwertige Armaturen. Drei Zimmer, 65 Quadratmeter." Er stellte seinen Koffer ab und zeigte in die Wohnung.
Ich sah ihn verdutzt an. „Ich darf aber so viel doch gar nicht bewohnen."
„Doch, doch, dürfen Sie. Ich regele das alles für Sie mit dem Amt. Von denen taucht hier keiner auf. Einzug ist in acht Wochen."
„Und was mache ich bis dahin?"
„Das ist Ihr Problem. Gegen Sie meinetwegen zum Arzt, lassen Sie sich krankschreiben. Irgendwas mit psychischer Belastung." Er musterte mich. „Sie sind ja auch nicht mehr die Jüngste. Klimakterium, Schlafstörungen, was weiß ich. So wie Sie aussehen dürfte Ihnen das ja wohl nicht so schwerfallen."
Eine bodenlose Frechheit. Ich hätte den Mann am liebsten die Treppe hinab gestürzt. Aber ich hatte keine Alternative – außer der Wohnung mit der fettigen Einbauküche und dem fiesen Hundegeruch auf dem Flur.
Ich sah ihn an. „Wie viel?"
„Zehntausend. Bar. Ohne Quittung."
„Zehntausend?! Und dann auch noch ohne Quittung?"

Er lachte. „Natürlich ohne Quittung. Was dachten denn Sie? Womöglich eine Überweisung? Und danach gehen Sie zum Amt und petzen. Ich bin doch nicht verrückt."
„Wer garantiert mir, dass ich auch wirklich diese Wohnung bekomme?"
„Ich."
„Und das klappt?"
„Ich bin in meinem Beruf nicht erst seit gestern tätig, gute Frau. Ich weiß, was ich mache. Ich bin für den Vertrieb des ganzen Neubau-Viertels verantwortlich."
„Wann wollen Sie das Geld?"
„Nächste Woche. Sie unterschreiben pro Forma den Vertrag für die Wohnung in der Wiesenstraße. Der Vertrag geht dann zum Amt. In Wirklichkeit aber ziehen Sie hier ein. Das Geld wie gesagt in bar an mich vor dem Einzug. Und zwar sofort bei Unterschrift."
„Ich weiß nicht, ob das so geht. Was ist, wenn das Amt was will?
„Ihre Post lassen Sie über einen Nachsendeantrag laufen, dann kann niemand was merken. Vertrauen Sie mir, Ich kenne mich ganz gut damit aus."
Ich war völlig verwirrt. Was passierte, wenn das rauskam? Und konnte ich überhaupt so schnell meine Lebensversicherung verkaufen?
„Und das klappt auch ganz bestimmt?"
Er sah mich genervt an. „Das klappt. Sobald ich das Geld habe. Also – ja der nein?"
In meinem Kopf drehte sich alles. Mir wurde schwindelig und ich musste mich am, Türrahmen festhalten.
„Ja", sagte ich dann, „ja, ich nehme die Wohnung. Aber Zehntausend sind sehr viel Geld. Geht das nicht irgendwie anders?"
Der Makler runzelte die Stirn. „An was dachten Sie denn, gute Frau?", fragte er sarkastisch. „In Ihrem Alter werden Sie sich

wohl kaum noch eine Wohnung erschlafen können. Nein, nein, Zehntausend. Nächste Woche. Oder die Wiesenstraße."
„Nein, nicht die Wiesenstraße. Ich nehme diese Wohnung."
„Sicher?"
Ich schluckte und sagte dann mit fester Stimme: „Ganz sicher."
„Prima. Ich wusste doch von Anfang an, dass Sie nicht der Typ Wiesenstraße sind."
„Und wie geht's weiter?"
„Ich rufe Sie an. Ich habe ja vom Amt Ihre Kontaktdaten. Jetzt muss ich aber dringend los."
Er nahm den Koffer vom Boden, drehte sich um und ging in Richtung des Treppenhauses. Draußen hatte es angefangen zu dämmern. Die Tage wurden deutlich kürzer. Wenn alles glatt ging, würde ich zu Weihnachten hier einziehen. Wenn alles glatt ging. Er machte keine Anstalten, auf mich zu warten. Seine Schritte verloren sich. Durch die noch offenen Wanddurchbrüche blies ein eisiger Wind, irgendwo polterte es. Ich blieb stehen und setzte mich auf eine Treppenstufe. Zehntausend Euro. Das war mein letztes Geld. Ich dachte einen Moment daran, ihn beim Amt anzuzeigen. Aber was hatte ich schon in der Hand? Nur die Erinnerung an völlig surreales Gespräch mit einem gut gekleideten Betrüger.
Ich ging langsam die Stufen hinab und spähte in den offenen finsteren Fahrstuhlschacht hinab. Mein ganzes Leben drehte sich an mir vorbei. Meine Eltern. Meine Kindheit. Mein Studium. Meine armseligen Beziehungen. Mein Job in der Spedition. Die Arbeitslosigkeit. Und jetzt der letzte Akt des Dramas. Wofür das alles? Was hatte mein Leben eigentlich für einen Sinn? Ich konnte mich genauso gut hier vom Dach stürzen oder in den dunklen Schacht springen.
Während ich diesen trüben Gedanken nachhing, kam ich im Erdgeschoss an. Und sah den Makler. Besser gesagt, ich stieß mit ihm zusammen. Er lag im Fahrstuhlschacht und ich stolperte über seine Beine, die ins Treppenhaus ragten. Er hatte

sich bei seinem Sturz offensichtlich das Genick gebrochen. Das musste das Poltern gewesen sein, dass ich vorhin gehört hatte. Völlig ratlos stand ich neben dem Mann. Etwas Blut war aus seinem Mund gesickert und seine Augen glotzten glasig in die Dämmerung. Eben noch hatte ich ihn anzeigen wollen, jetzt lag meine letzte Hoffnung auf eine Wohnung außerhalb des Gettos entseelt vor mir.
Mir stiegen die Tränen in die Augen. Ich sah mich bereits mit meiner toten Katze im Arm in der verdreckten Badewanne in der Wohnung in der Wiesenstraße mit geöffneten Pulsadern sitzen. Was sollte ich nur tun? Die Polizei anrufen, einen Rettungswagen anfordern? Oder einfach nach Hause fahren? Ich überlegte krampfhaft. Dann hatte ich eine Idee.
Eine halbe Stunde später war Herbert bei mir in der Südstadt. Ich hatte ihn völlig in Tränen aufgelöst angerufen. Herbert warf entsetzt einen kurzen Blick auf den Toten und tätschelte dabei unbeholfen tröstend meine Hand. Ich erzählte Herbert alles – vom Besuch in der Wiesenstraße und dem Hausmeister, der sich angeblich bei den Renovierungen helfen ließ bis zum falschen Mietvertrag für das Amt und der Schweigegeldzahlung an den Makler. Herbert überlegte eine Weile, dann zog er vorsichtig den Toten aus dem Fahrstuhl-schacht, der noch immer seinen eleganten Koffer in der Hand hielt. Herbert öffnete vorsichtig den Koffer. Wir sahen uns an und hatten sofort denselben Gedanken.
Wir brauchten anschließend keine fünf Minuten um den Toten zum Nachbargrundstück zu schaffen wo die Tief-garage kurz vor ihrer Vollendung stand. Wir ließen ihn in eine der riesigen mit Holz verschalten Säulen fallen. Er passte wunderbar zwischen die gewaltigen Armierungseisen. Schon morgen würden dort hunderte Tonnen Beton hinein gegossen werden und den Mann für immer verschwinden lassen. Dann fuhren Herbert und ich in der Dunkelheit mit dem Koffer des Maklers davon. Niemand hatte uns gesehen.

Im Koffer des Maklers waren über Hunderttausend Euro in bar. Nie würden wir erfahren, woher es kam, denn Quittungen oder Adressen waren nicht dabei. Mit diesem Geld machte ich mich als Logistikberaterin selbständig. Herbert kündigte bei der Spedition und übernahm das Controlling. Gemeinsam bauten wir in wenigen Monaten ein kleines, überaus effektives Unternehmen auf. Ich kaufte ein anderes Auto, blieb in meiner geliebten alten Wohnung und gönnte mir eine neue Couchgarnitur. Für Frieda gab es wieder das Futter aus den goldenen Becherchen. Schnurrend lief sie mir zum Dank tagelang um die Beine. Herbert blieb in seiner Wohnung, häufte noch mehr alten Trödel an und gönnte sich zwei weitere graue und natürlich etwas zu enge Anzüge. Unsere sonntäglichen Nachmittage im Café wurden jetzt zu wichtigen Arbeitsessen. Eine wunderbare Zeit begann.

Alles lief gut – bis zu jenem Tag, als in der Tiefgarage des Neubaus in der Südstadt eine der Säulen seltsame feuchte Flecken bekam, die sich einfach nicht entfernen ließen. Schimmel breitete sich aus. Die Hausverwaltung ließ die Säule öffnen. Drinnen fand man die mumifizierte Leiche des Maklers, der in seiner Brieftasche noch meine Kontaktdaten hatte. Die Polizei verhörte mich stundenlang. Man verhörte auch Herbert, meinen Geschäftspartner. Woher, so fragten die Beamten, hatten wir so plötzlich das Geld gehabt, eine Firma zu gründen? Wir schwiegen eisern. Später wurde meine Wohnung durchsucht, unser Büro, sogar das Café. Natürlich fand niemand etwas. Doch dann entdeckte die Polizei in Herberts Wohnung irgendwo tief unten in einem Schrank mit Gerümpel den Koffer des toten Maklers – voll mit Herberts Fingerabdrücken. Der arme Herbert konnte eben nichts wegwerfen. Alle Dinge hätten eine Seele, sie seien Teil unseres Schicksals und wären eines Tages wieder zu etwas nutze, hatte er einst zu mir gesagt. Wie Recht er doch hatte.

Reifeprüfung

„Wir lechzen nach den Geschichten des Bösen. Wir lieben es, uns durch das Grauen zerstreuen zu lassen. Das Entsetzen gibt offenbar dem modernen Menschen mehr Inspiration, als das Erbauliche. Wir spüren es, wenn wir uns die Schlagzeilen der Boulevardpresse anschauen – wohliger Grusel überkommt uns beim Anblick von geschundenen Prominenten, zu Tode geprügelten alten Menschen in Pflegeheimen oder anderen Bluttaten. Makabre Geschichte dieser Lesart", so begann Professor Dr. Wolfgang F. Gademann seine Vorlesung über das Leben und Werk von Edgar Allan Poe, „sind stets etwas neues, etwas unerhörtes. In diesen Geschichten vermischen sich Fiktion und Atavismus, es gibt einen Zweiklang aus vertrautem und neuem, eine Melange aus der überschaubaren Welt in der wir leben und einer anderen, einer grauenhaften Parallelwelt. Und diese Gefühlslage zu bedienen ist eine hohe Kunst. Das ist Literatur. Und jetzt versetzen Sie sich zurück in die Epoche Poes, eine Epoche, die kein Radio kannte, kein Fernsehen, kein Internet. Seine Poesie wurde zum Fundament des Symbolismus und damit der modernen Dichtung. In Amerika als unmoralischer Apologet verfemt, machte ihn Charles Baudelaire in Europa unsterblich und verschaffte ihm Ruhm."
Mehr als 200 Studenten drängten sich im Hörsaal. Gademann galt als einer der führenden Amerikanisten und Poe-Kenner in Deutschland, seine Bücher hatten seit Jahren eine hohe Auflage. Gademann war charmant und witzig, sein Blog unentbehrlich für Literaturjunkies. Er sah gut aus und sein Faible für Maßanzüge aus englischem Tuch, rahmengenähte Schuhe und sein alter Lincoln Continental machten ihn zu einem modernen

Gentleman. Er war der attraktive Junggeselle in den besten Jahren, von dem auch emanzipierte Frauen heimlich träumen – dabei war er seit vielen Jahren mit Waltraut Gademann, einer bekannten Professorin für Neurologie, verheiratet, deren Institut vom Hörsaal der Literaturwissenschaftler in wenigen Minuten zu erreichen war.

„Betrachten Sie einen der Klassiker aus dem Werk Poes. Grube und Pendel. In dieser Geschichte wird ein Mann Opfer der Inquisition. Er ist lebendig begraben. Er wird äußerst kreativ gefoltert. Der Gemarterte kommt aus unserer, aus Poes Alltagswelt – und er landet in einer grauenhaften Parallelwelt. Beachten Sie dabei, dass zu Zeiten Poes die abartigen Praktiken der Inquisition gerade erst wenige Jahrzehnte zurück lagen. Aber auch ein anderes Phänomen ist uns geläufig aus der Rezeption des Werkes von Poe. Damals schauderte die Leserschaft bei den Schilderungen von Scheintoten, die erst erwachten, als Tonnen von Erde längst jeden Kontakt zur Außenwelt abschlossen. Es ist die Angst vor dem Tod, der nicht als Erlöser erscheint, sondern als grauenvolle Marter. Sie finden dieses Motiv übrigens später auch im Werk Franz Kafkas: Gregor Samsa, der sich in ein riesiges Insekt verwandelt, ist nichts anderes als ein Scheintoter."

Eine blonde Studentin in der ersten Reihe hob die Hand: „Herr Professor, ist es richtig, dass Poe möglicherweise damals selbst begraben wurde ohne tatsächlich tot gewesen zu sein?"

Gademann nahm einen Schluck Wasser. „Das ist durchaus denkbar. Erinnern wir uns an den mysteriösen Tod des Dichters: Er verließ Richmond am 27. September 1849. Ziel der Reise war sein Haus in Fordham. Dort wollte er die Hochzeit mit seiner Verlobten planen. Wir wissen, dass er mit dem Schiff von Richmond nach Baltimore fuhr. Und von da an verwischt sich seine Spur – für ganze sieben Tage. Niemand weiß, wo er wirklich war. Dann, am 3. Oktober, traf ein Mann namens Walker den verwirrten Dichter vor einer Spelunke. Poe wurde

durch ihn in das Washington Medical College eingeliefert. Dort kümmerte sich der Arzt John Moran um ihn. Moran hinterließ mehrere Berichte über Poes Tod. Sie sind aber wesentlich später verfasst und sind für die Forschung leider kaum zu verwerten, wie sie in der einschlägigen Literatur – Achtung, Werbebreak - nach dem Erwerb eines Hörerscheins selbst nachlesen können."
Gademann tippte lächelnd auf sein neues Buch, der Saal lachte amüsiert.
„Also, wir waren im Washington Medical College stehen geblieben", nahm er den Faden wieder auf. „Hier starb der Dichter – doch woran, ist bis heute völlig ungeklärt. War er im Delirium? Hatte er einen Schlaganfall? Vielleicht eine schwere Kopfverletzung nach einem Sturz? Oder doch eine Krankheit, die seinen Geist verwirrte wie zum Beispiel eine Syphilis?"
Die Studentin frage laut: „Aber es muss doch auch Zeugen gegeben haben!"
Gademann lächelte wohlwollend. „Fehlanzeige, wir wissen es nicht. Denn die Berichte widersprechen sich. Ja, wir wissen nicht einmal, ob er wirklich tot war, als er bestattet wurde, denn wenn er etwa einen Schlaganfall erlitten hatte oder im Delirium war, so ist es durchaus möglich, dass ein Arzt der damaligen Zeit das Leben, welches noch in dem Dichter war, übersehen konnte. Es ist also denkbar, dass ein komatöser, scheintoter Poe bestattet wurde."
Die Studentin fühlte einen Schauer über ihren Rücken laufen und sagte: „So wäre er selbst wie in seiner Erzählung *Lebendig begraben* tief unter der Erde erstickt. Wie furchtbar!"
Gademann trank noch einen Schluck Wasser und rieb sich genüsslich die Hände. „Ja, das wäre er. Furchtbar, in der Tat. Ein entsetzliches Ende. In einem Sarg zu liegen, zu sich zu kommen und zu merken, dass man seiner eigenen Beerdigung beiwohnt. Aber seinem Leben und seiner Vorliebe für das Dramatische und Schaurige wäre das durchaus angemessen gewesen".

„Das ist aber etwas zynisch", rief ein Student.
„Nein, nein, ich meine das durchaus ernst. Poes Leben war voll von selbst erlebten absonderlichen Geschichten. Seine Lieben, sein Leben: Alles wie in einem Roman, den er nur selbst hätte schreiben können. Viele Menschen seiner Zeit fürchteten sich davor, lebendig begraben zu werden. Man nennt die Angst vor dem Lebendig begraben werden übrigens Taphephobie."
Gademann machte eine Pause und lächelte. „Nanu, keine Nachfrage? Sind hier so viele gebildete Humanisten unter uns, die das verstehen?"
Wieder lachte der Saal.
„Für die Kommilitonen unter Ihnen, die des Griechischen nicht ganz so mächtig sind: Taphophobie. Das Wort kommt vom griechischen Taphos, also Grab, und Phobie, also Angst. Sie können sich das ruhig notieren, es kommt in manchen Kreuzworträtseln vor, die Sie in den uralten Zeitschriften beim Friseur oder Zahnarzt finden können."
Ein leises Lachen perlte erneut durch den Hörsaal, welches der Professor sichtbar genoss.
„Wie furchtbar! Ist das denn damals oft passiert? Sind da viele Menschen lebendig begraben worden zu Poes Zeiten?" rief ein Student.
„Nun, wir schweifen vom Thema ab – aber ich will Ihnen noch gern ein paar Sätze dazu sagen. In früherer Zeit war es durchaus nicht selten, dass Menschen für tot gehalten wurden, obwohl sie noch lebten. Diese Scheintoten wurden begraben und kamen oft erst im Sarg tief unter der Erde wieder zu sich. Dann erstickten sie qualvoll. Höchst unangenehm, würde ich sagen."
„Woher weiß man das denn so genau?", wollte die blonde Studentin aus der ersten Reihe wissen. „Die Leute waren doch tief unter der Erde wenn sie starben!"
Gademann korrigierte elegant den Sitz seines Einstecktuches. „Wunderbar. Sie haben sehr gut kombiniert. Schließlich erkennt man ja erst, dass jemand lebendig begraben worden

war, wenn der Sarg erneut geöffnet wird. Es gibt dann aber schon einige Indizien. Etwa nach einer Umbettung, wenn das Skelett in einer verdrehten Position im Sarg lag oder Kratzspuren auf der Innenseite des Sarges sichtbar waren. Berichte über angeschlagene Schädel mit entsprechenden Frakturen weil die Unglücklichen mit dem Kopf in ihrer unendlichen Verzweiflung gegen die Sargdeckel schlugen, sind auch überliefert."
Er schnippte lässig ein Stäubchen vom Ärmel. „Ja, angeblich habe mancher mit dem eigenen Blut sogar noch den Namen derjenigen auf die Innenseite des Sargdeckels geschmiert, die ihn in diese missliche Lage gebracht haben. Aber das sind vermutlich nur Gruselgeschichten, die einen Edgar Allan Poe allerdings bestimmt fasziniert hätten. Immerhin kommen diese Dinge in der Literatur vor."
Ein Student aus der hinteren Reihe rief: „Und heute? Kommt so etwas heute noch vor?"
Der Professor lächelte. „Nein, das ist so gut wie ausgeschlossen. Es ist heute möglich, nicht nur die Herzaktivität, sondern auch die des Gehirnes exakt zu messen. Wenn es denn im Kopf des Patienten allerdings etwas zu messen gibt, meine Damen und Herren."
Wieder lachte der Hörsaal und Professor Gademann trank mit Genuss sein Wasserglas aus.

Eine halbe Stunde später war die blonde Studentin, die in der ersten Reihe gesessen hatte, in seinem Dienstzimmer.
Gademann sah von seinen Unterlagen auf und strahlte. „Kerstin! Schön, dass du kommst! Ich freue mich sehr."
Die Studentin schloss die Tür hinter sich und drehte den Schlüssel um. Dann setzte sie sich auf den Schreibtisch.
„Ich muss mit dir reden. Es ist etwas Wunderbares passiert."
Gademann schob seine Unterlagen an die Seite und legte ihr eine Hand sanft aufs Knie.

„Was denn? Hast du die Zulassung zur Prüfung bei den anderen Kollegen auch schon? Das wäre natürlich wirklich großartig! Dann könntest du deinen Master schon jetzt machen – und sofort danach promovieren! Du wärest dann mit 22 Jahren meine jüngste Doktorandin. Äußerst schmeichelhaft für dich und deinen Doktorvater, den alten Professor Gademann!"
Sie beugte sich über den Tisch und nahm seine Hand, legte diese auf ihren Bauch. „Besser, Wolfgang, viel besser. Etwas viel besseres als eine Promotion."
Er spürte, wie sein Blutdruck anstieg und streichelte sanft über ihre Hüften. „Kerstin, erzähl es mir. Was gibt es so spannendes?"
„Nein, jetzt noch nicht. Es ist eine Überraschung." Sie knöpfte die Bluse auf und sah auf die Unterlagen. „Du und dein alter Freund Edgar Allan! Schieb ihn zur Seite, ich bin jetzt Maria Clemm. Mach das mit mir, was Poe mit ihr gemacht hat, als er sich mit ihr verlobte."
„Wir wissen nicht, was Poe damals tat. Maria Clemm war seine Cousine und erst 13 Jahre alt, als Poe sich mit ihr verlobte. Er galt als Wüstling unter seinen Zeitgenossen, doch das ist wohl üble Nachrede."
„Und du wärest hier unter deinen Kollegen der Wüstling wenn sie mal erfahren würden, was wirklich hinter der Tür deines Dienstzimmers abgeht! Ich war 18, als ich erlebte, wie es ist, nicht vor deinem Schreibtisch zu sitzen, sondern darauf zu liegen."
Er lächelte. „Es war wunderbar. Ich erinnere mich gut an Dich. Ein kurzes Top. Und eine enge Jeans. Bauchfrei. Mein Gott, ihr wart alle so begehrenswert, wie ihr so unschuldig und doch so voller sexueller Energie von der Schule in den Hörsaal kamt. Eine ganze Herde junger prächtiger Mädchen."
Kerstin lachte unbefangen. „Und du hast dich dann dieser unschuldigen Mädchen angenommen. Du warst der Hirte dieser Herde, könnte man so sagen."

Gademann lächelte wieder. „Ja, aber nur du warst mir wirklich wichtig. Die anderen habe ich längst vergessen."
Sie hielt inne. „Wolfgang, ich bekomme ein Kind."
Jäh fiel seine Kinnlade herunter und in seinem Kopf begann es zu summen. „Was? Was sagst du?"
Sie strahlte ihn an. „Ich sagte doch, ich muss dir etwas erzählen! Ist das nicht wunderbar? Ich bin schon im dritten Monat."
„Mein Gott, Kerstin!" Gademann runzelte die Stirn, „da müssen wir was machen! Deine Prüfung! Die Promotion! Das passt doch überhaupt nicht zu einem Kind. Und außerdem bist du doch eigentlich noch viel zu jung für so etwas!"
„Ich bin fast 22 Jahre alt, Wolfgang. Natürlich geht das. Wie lange wolltest du denn warten? Du bist jetzt über 50!" Ihre gute Laune war verflogen und sie knöpfte die Bluse zu.
„So meine ich das doch nicht. Aber wir können doch jetzt kein Kind gebrauchen, wir beide. Das müsste dir doch klar sein, Kerstin!"
„Wegen deiner Frau."
„Ja, auch wegen Waltraud."
Ihre Unterlippe begann leicht zu zittern.
„Du hast mich angelogen. Du hast nicht mit Ihr gesprochen."
Er bekam einen roten Kopf. „Nein, Es gab noch keine passende Gelegenheit."
Sie stand auf und ihr Gesicht verzog sich. „Was soll das? Du hast mir gesagt, Du würdest dich von ihr trennen."
„Ja, werde ich auch. Aber jetzt geht es nicht. Versteh das doch! Sie hat gerade das neue Institut für Neuroanatomie drüben an der Uniklinik übernommen. Das wäre jetzt sehr unpassend. Außerdem zahlt sie das Haus und mein Boot ab."
„Dieses verdammte Haus! Und dein dämliches Boot! Du hast gesagt, du würdest mit mir auch in einer Zweizimmerwohnung leben können! Nur wir beide und deine Bücher! Das waren deine Worte. Wir beide brauchen keine Professorin für Neuroanatomie hast du gesagt. Das waren deine Worte!"

„Ja, aber meine Frau..."
Kerstin begann zu schluchzen. „Du hast mich angelogen. Immer nur angelogen. Wie die anderen Studentinnen auch."
„Nein, das ist doch nicht wahr. Natürlich helfe ich dir und lasse dich jetzt nicht allein. Aber du kannst jetzt kein Kind bekommen, denk doch an deine Karriere! Du machst jetzt deine Prüfung fertig und dann promovierst du bei mir. Und dann..."
Sie schniefte. „Und dann?"
Er machte eine ärgerliche Geste. „Was für eine Frage. Na, das wird sich dann schon alles irgendwie finden. Wir werden sehen, Kerstin. Das kriegen wir alles hin. Mach dir keine Sorgen."
„Und wie?" In ihrer Frage lag Hoffnungslosigkeit.
Er wühlte in einer Schreibtischschublade. „Ich gebe dir erstmal die Adresse eines alten Freundes. Sag ihm, du kommst von mir und wärest in einer Notlage. Er wird keine Fragen stellen. Er hat viel Verständnis, glaub mir. Und er ist ein wirklich guter Arzt und prima Psychologe."
„Wie oft hast du diesem Freund schon Studentinnen geschickt?" fragte sie tonlos.
„Kerstin!" Gademann stand auf. „Jetzt mach aber mal einen Punkt! Wer bin ich denn? Etwa Herzog Blaubart der Mädchenfresser?"
Sie schüttelte den Kopf. „Ich weiß nicht mehr, wer du bist. Aber ganz bestimmt nicht der Mann, mit dem ich mal leben wollte."
„Was soll das?"
Sie blickte ihn provozierend an. „Wie viele Kommilitoninnen haben schon auf diesem Schreibtisch gelegen? Wie viele deiner Doktorandinnen haben sich ihren Titel hier erschlafen?"
Gademann stemmte die Hände in die Hüften und funkelte sie böse an.
„Sag mal, spinnst du? Willst du jetzt auch noch deine Karriere an der Uni aufs Spiel setzen?"
„Und wenn mir diese Karriere scheißegal wäre? So scheißegal, dass ich mit dem Dekan und dem Rektor spreche?"

Er beugte sich drohend über den Schreibtisch. „Ich warne dich, Kerstin! Wenn du das versuchst..."
„Was dann? Willst du mich vielleicht wie in einer deiner Edgar Allan Poe-Geschichten für geistig umnachtet erklären oder umbringen lassen? Ab ins Irrenhaus oder lebendig begraben?!"
Er lenkte ein. „Kerstin, bitte, lass uns reden. Es gibt doch für alles eine Lösung!"
„Da bin ich mir nicht sicher!" Sie sperrte die Tür auf und lief hinaus. „Du wirst Dich noch wundern, Herr Professor."
Er stand einen Augenblick lang schwer atmend am Schreibtisch, dann lief er hinter ihr her. „Kerstin, warte! Wir können doch reden! Mach jetzt nichts Unüberlegtes."
Gademann rannte auf den Flur und sah noch, wie sie ins Treppenhaus lief. Mit großen Sätzen sprang er hinterher.
„Kerstin!"
Sie lief die Treppe hinab, er folgte ihr, immer zwei Stufen auf einmal nehmend.
„Kerstin, warte! So geht das nicht!"
Die anderen Menschen im Treppenhaus blieben erstaunt stehen.
„Kerstin!" Er sprang auf den nächsten Absatz – und stolperte. Seine edlen rahmengenähten Schuhe mit den Ledersohlen rutschten auf den gebohnerten Stufen weg. Sein Kopf schlug hart auf den Rand der Stufe. Ihm schwanden die Sinne.

Zwanzig Minuten später lag Professor Dr. Gademann im Sanitätsraum der geisteswissenschaftlichen Fakultät auf dem Feldbett. Er war bleich und der Notarzt hatte ihm einen Tropf gelegt. Um den Kopf war ein Verband. Neben dem Bett befanden sich eine Sauerstoffflasche und zwei Stühle. Die Studentin Kerstin stand wie versteinert neben Gademann, daneben drückte sich hilflos der Dekan der Fakultät mit zwei Sanitätern herum.
Ohne anzuklopfen kam eine ältere Frau hinein. Sie hatte ein strenges, kantiges Gesicht und das graue Haar zu einem Knoten

im Nacken hoch gesteckt. Über einem unmodernen Kostüm trug sie einen weißen zerknautschten Kittel, der schon bessere Tage gesehen hatte. Kurz nickte sie dem Dekan zu, der etwas sagen wollte, doch sie winkte ab und wandte sich direkt dem Feldbett mit dem Professor zu.
Der sehr junge und sehr nervöse Notarzt kniete mit einem Stethoskop neben seinem Patienten und blickte skeptisch zu ihr auf. „Der Herr Professor ist schwer verletzt. Ich glaube aber, wir haben hier alles allein ganz gut im Griff." Er hatte hektische Flecken im Gesicht.
„So, meinen Sie." Die Frau im Kittel zog eine kleine Lampe aus der Brusttasche, leuchtete in die Augen des Reglosen. Dann fasste sie vorsichtig an die Wirbel des Nackens, leuchte in die Ohren.
„Wie lange sind Sie hier?"
„Keine drei Minuten…"
„Da hätte aber schon mehr passieren müssen, als nur ein Kopfverband!"
„Ich äh…" der junge Arzt fühlte sich hilflos und kleine Schweißperlen bildeten sich auf seiner Stirn.
Sie fasste dem leblosen Professor vorsichtig an den Hinterkopf. „Vermutlich eine starke Fraktur. Keine Pupillenreflexe, verkrustete Blutungen im Innenohr. Die Schädelbasis ist schwer beschädigt. Vermutlich ein Trümmerbruch. Schweres Schädel-Hirn-Trauma."
„Ja, das sehe ich zum Teil auch so", sagte der Notarzt etwas unsicher. „Wobei ich aber ein Schädel-Hirn-Trauma allerdings völlig ausschließen würde. Der Patient muss - sobald er stabilisiert ist - sofort in die Klinik. Aber wer sind Sie wenn ich mal fragen darf?"
„Ich bin die Frau des Mannes. Der Dekan hat mich angerufen."
Der Notarzt sah ängstlich auf die ältere Frau, die geschäftig in den Taschen ihres ausgebeulten Kittels wühlte. „Sie sind wohl auch Medizinerin, nehme ich an?"

Sie zog ein kleines Gummihämmerchen heraus, prüfte die Reflexe des Leblosen.

„Ja. Gademann mein Name. Das da ist mein Mann."

„Oh. Entschuldigung. Das wusste ich nicht. Ich - äh – ich hatte Sie mir ganz anders vorgestellt." Der Notarzt blickte ehrfürchtig auf Prof. Dr. Dr. hc. mult. Waltraut Gademann. Sie hatte eine Reihe wichtiger wissenschaftlicher Bücher verfasst und dominierte manchen internationalen Kongress.

Die Ärztin blickte ihn nur ganz kurz an und kümmerte sich sofort wieder um ihren Mann. „Was dachten Sie denn, wie ich aussehe? Wie die Ärztinnen in Emergency Room? Aber Sie haben ja auch wenig von George Clooney. Sie müssen was gegen Ihre Adipositas tun, junger Mann."

Ihr Blick fiel auf die bleiche Studentin Kerstin. „Mein Gott, Sie sind ja ganz blass, mein Kind. Setzen Sie sich mal fix hin, sonst kippen Sie mir hier noch um. Das muss ja nun wirklich nicht sein."

Sie sah zu den Sanitätern und sagte zu dem einen. „Sie da. Holen Sie der jungen Frau mal schnell ein Glas Wasser."

Der eine Sanitäter sah erstaunt auf: „Wer? Ich? Jetzt?"

Die Professorin legte ihrem Mann eine Manschette zum Blutdruckmessen um. „Natürlich Sie. Wozu brauche ich Sie hier wohl sonst?"

Sie pumpte routiniert die Manschette auf. „Bewegung, junger Mann! Der Wasserhahn ist auf dem Flur."

Wortlos verließ der Sanitäter mit rotem Kopf den Raum.

Kerstin setzte sich zitternd auf einen Stuhl.

Der Dekan rang die Hände. „Es ist so schrecklich, Frau Dr. Gademann. Er ist gestürzt, ganz unglücklich. Die Studentin hier hat ihn gefunden. Ich habe sofort einen Rettungswagen gerufen und dann direkt bei Ihnen drüben im Institut durchgeklingelt."

„Ja, danke. Sie haben völlig richtig gehandelt, mich anzurufen."

Waltraut Gademann nahm das Stethoskop des Notarztes und horchte Brust- und Bauchraum ihres leblosen Mannes ab.

„Die Herztöne sind ziemlich schwach", sagte der Notarzt schüchtern, „aber zum Glück stabil. Ich denke, ich werde Sauerstoff geben…"
Die Professorin beendete die Untersuchung. Sie sah mit ernstem Blick den jungen Notarzt an. „Herr Kollege, ich darf Sie korrigieren. Dieser Mann hat entgegen Ihrer Feststellung ein äußerst schweres Schädel-Hirn-Trauma. Keinerlei Reflexe, auch der Blutdruck ist nicht mehr messbar. Die Pupillen reagieren ebenfalls nicht mehr. Der Herzschlag ist praktisch nicht mehr vorhanden. Was Sie für Herztöne halten, ist lediglich ein leichter vegetativer Reflex des Verdauungstraktes."
Der Notarzt wurde bleich und Schweiß trat auf seine Stirn. „Aber... ich habe doch gerade… wir wollten jetzt ein EKG machen…"
Sie schüttelte traurig den Kopf. „Das können Sie sich sparen."
„Dann defibrillieren wir jetzt…", er winkte verzweifelt den Sanitätern.
Sie schüttelte langsam den Kopf. „Nein. Dieser Mann, mein geliebter Mann, hat sich das Genick gebrochen. Den holen Sie mit keinem Defibrillator der Welt wieder ins Leben zurück."
„Um Gottes willen!"
„Exitus. So ist es Herr Kollege." Sie atmete tief durch. „Vorbei. Es ist vorbei. Das hätten Sie übrigens wahrscheinlich auch schon selbst feststellen können. Aber ich danke Ihnen für Ihre Bemühungen."
Sie setzte sich schwer neben die Studentin auf den zweiten Stuhl und verbarg ihr Gesicht in den Händen. Eine ganze Weile schwieg sie. Ein paar Mal bebten ihre Schultern. Mehrere Minuten lang sagte niemand etwas.
Dann fragte sie: „Raucht hier eigentlich jemand? Ich möchte bitte eine Zigarette. Und vielleicht kann jemand einen Priester rufen. Einfach drüben bei den Theologen fragen. Ich schaffe das jetzt nicht selbst."

„Selbstverständlich", sagte der Dekan und wortlos hielt ihr der zweite Sanitäter eine Schachtel Zigaretten hin, der Dekan gab ihr Feuer und reichte einen Aschenbecher an. Sie griff den Ascher, stellte ihn auf die Oberschenkel, zog gedankenverloren an der Zigarette und blies kleine Wölkchen in die Luft. So saß sie da. Niemand im Raum sagte ein Wort.
Die Studentin Kerstin sah währenddessen fassungslos auf Professor Wolfgang F. Gademann. Tränen liefen ihr über das Gesicht. Dann brach sie das Schweigen. „Aber das kann doch nicht sein! Ich war doch vorhin noch in seinem Dienstzimmer, ich, ich...", sie schluchzte. „Ich begreife das alles nicht..."
Die Ärztin hatte Tränen in den Augen und drückte sanft ihren Arm. „Ist ja schon gut, mein Kind, jetzt heulen Sie doch nicht gleich. Ist doch alles gut. Wir haben doch alles versucht."
Dann drehte sie sich wieder zu den anderen um. „Seien Sie so gut, meine Herren und verlassen Sie bitte für ein paar Minuten den Raum, ja? Ich möchte einen Moment allein mit der jungen Dame und meinem Mann sein."

Als die Ärztin mit der Studentin allein war, sah sie diese skeptisch an. „Sie haben also meinen Mann nach dem Sturz gefunden. Darf ich Sie fragen, in welcher Beziehung Sie zu Professor Gademann stehen?"
Kerstin schluchzte. „Ich war heute Vormittag in seiner Vorlesung über Edgar Allan Poe. Ich sollte die Prüfung bei ihm machen und dann später bei ihm auch promovieren."
Die andere zog eine Braue hoch. „Ach, zu denen gehören Sie? Sie sind eine von seinen Doktorandinnen?"
Die Studentin unterbrach überrascht ihr Schluchzen. „Was? Was meinen Sie damit?"
Die Ärztin rauchte ihre Zigarette zu Ende und drückte sie aus. „Hören Sie, Mädchen, ich bin seit über 20 Jahren mit diesem Mann verheiratet. Ich kenne seine Doktorandinnen. Sie sind alle gleich."

„Was soll das heißen?"
„Sie sind alle Anfang 20, fast immer blond und von dieser äußerst banalen Attraktivität, die Männer anzieht. Na, geben Sie es doch zu. Sie hatten ein Verhältnis mit ihm."
Kerstin schwieg.
„Sie brauchen nicht zu antworten. Ich weiß es auch so."
Kerstin schwieg noch immer. Dann sagte sie „Sie haben recht. Ich hatte ein Verhältnis mit Ihm. Und ich bin schwanger."
Sie sah auf Gademann, der reglos auf dem Feldbett lag. „Wir haben uns vorhin noch schlimm gestritten. Er wollte das Kind nicht."
Ihr Blick wanderte traurig über den bleichen Professor. Kerstin durchfuhr es plötzlich wie ein elektrischer Schlag.
„Frau Gademann, da, er lebt! Er bewegt seinen rechten Daumen! Er bewegt seine Hand! Er winkt uns zu sich!!" Sie sprang auf. „Er lebt! So tun Sie doch was! Er lebt!" Sie fing wieder an zu weinen und wusste nicht, ob es Erleichterung oder Angst war.
Der Daumen des Professors bewegte sich jetzt ganz offensichtlich, die ganze Hand schien nun plötzlich wie in geisterhafter Zeitlupe zu winken. Über Kerstins Rücken fuhr ein eisiger Schauer.
Die Ärztin seufzte. „Die Muskeln beginnen langsam zu erschlaffen. Dadurch entstehen mechanische Kontraktionen. Das kann noch eine ganze Weile nach dem Tod andauern. Es sieht tatsächlich manchmal so aus, als käme der Patient plötzlich wieder zurück. Manche Tote öffnen plötzlich sogar den Mund oder greifen scheinbar nach etwas. Mit dem Leben aber hat das nichts zu tun. Es ist nur etwas Biomechanik. Man nennt es das Lazarus-Phänomen."
Kerstin schluckte. „Aber er hat sich doch gerade bewegt! Ich habe es schließlich gesehen!"
Sie sah erneut den Professor an, der jetzt aber wieder völlig bewegungslos war.

„Er ist definitiv tot. Nur seine Muskeln gaukeln uns noch etwas Leben vor. Glauben Sie mir. Der Vater Ihres Kindes ist tot. Und niemand wird ihn wieder ins Leben holen."

Die Ärztin stand schwerfällig auf. „Natürlich wollte er das Kind von Ihnen nicht. Warum sollte ein angesehener Professor denn scharf auf das uneheliche Kind einer seiner Studentinnen sein?" Sie schüttelte den Kopf. „Sie sollten sich einen netten jungen Mann suchen, der Lust hat, mit Ihnen und dem kommenden Kind eine Familie zu gründen. Sie machen doch einen ganz gescheiten Eindruck, Mädchen. Sie sehen ganz gut aus und sind offensichtlich auch nicht dumm. Da haben Sie doch mehr verdient, als eine Affäre mit einem 30 Jahre älteren Mann."

„Und machen Sie sich keine Sorgen wegen Ihres Studiums. Ich spreche mit einer Kollegin meines verstorbenen Mannes, vielleicht können Sie bei der Dame Ihre Promotion machen. Da müssen Sie dann aber auch was tun. Die anderen Methoden gehen da nicht."

Die Studentin sah sie mit tränenverschmiertem Gesicht an. „Ich verstehe das nicht. Das kann es doch nicht gewesen sein, das Leben?"

Ein knappes Lächeln erhellte die kantigen Züge der Ärztin und sie lachte kurz auf. „Für Sie fängt das Leben doch gerade erst an. Das werden Sie schon noch merken. Jetzt sind Sie erwachsen."

Sie steckte die Hände in die ausgebeulten Kitteltaschen. „Warten Sie jetzt draußen auf mich und schicken Sie die Herren wieder hinein wenn der Priester da ist. Danach kommen Sie mit mir rüber ins Institut, ich habe vielleicht ein paar Tabletten für Sie."

Eine Woche später wurde Professor Dr. Wolfgang F. Gademann beerdigt. Viele Hundert Menschen waren zur Trauerfeier gekommen. Der Dekan und der Universitätsrektor sprachen, unzählige Kränze von Kollegen, dem Ministerium

und Universitäten aus dem In- und Ausland füllten die Empore der Kirche, auf welcher der Sarg stand. Das anschließende Geleit zum Grab zog sich endlos hin. Nach der Aussegnung wurde der Sarg hinab in die Erde gelassen. Waltraut Gademann nahm ohne eine Regung des Gesichtes die Beileidsbekundungen entgegen.
Als sich die Trauergemeinde verstreut hatte, trat der junge Geistliche auf sie zu. „Frau Professor Gademann es tut mir sehr leid. Und natürlich auch das unverantwortliche Gerede des einen Sargträgers. Das hätte wirklich nicht sein müssen. Sie haben nun wirklich genug Leid erfahren müssen."
„Was für ein Gerede?" Sie sah den Pastor erstaunt an. „Ich weiß von keinem Gerede."
Der Geistlich sah verlegen aus. „Oh, ich dachte, er hätte Sie auch schon damit belästigt."
„Nur heraus damit, Herr Pastor."
„Naja...", dem jungen Pastor war es sichtlich unangenehm, „der Sargträger meinte, er hätte ein Kratzen im Sarg gehört. Als wenn jemand mit den Fingernägeln am Deckel kratzt."
„Ein Kratzen? Am Deckel? Von Innen?"
Der Pastor fühlte sich unbehaglich. „Ich hätte das Ihnen das lieber doch nicht sahen sollen."
„Aber nein, Herr Pastor, warum denn nicht? Vielleicht war da ja wirklich ein Kratzen zu hören?"
„Mein Gott, Sie glauben das auch? Aber dann müssen wir den Sarg wieder heraufholen! Wenn Ihr Mann wirklich lebendig begraben worden ist..."
„Bitte, Herr Pastor!" Waltraut Gademann legte eine Hand auf den Unterarm des Geistlichen. „Natürlich kann da ein Geräusch zu hören gewesen sein. Aber – verzeihen Sie mir, das klingt jetzt vielleicht sehr irdisch – was der Sargträger da gehört haben kann, sind nun mal völlig normale Geräusche, die beim Zersetzungsprozess eines Toten entstehen."
Er sah sie skeptisch an. „Das klingt ja fürchterlich."

Sie legte ihm eine Hand auf den Arm und lächelte traurig. „Aber so ist, leider. Seien Sie völlig beruhigt. Ich selbst habe den Tod meines Mannes festgestellt. Der zweite anwesende Mediziner hat übrigens ohne jedes Zögern den Totenschein ausgestellt."
Erleichtert sah er sie an und machte ein peinlich berührtes Gesicht. „Entschuldigen Sie. Meine schlimme Phantasie. Diese entsetzliche Vorstellung, jemanden lebendig zu begraben oder selbst mal so zu enden, ist steter Begleiter meines Berufes."
Sie lächelte kurz. „Interessant. Eine klassische Taphephobie. Das ist heute selten geworden. Aber Sie sind noch jung. Etwas mehr Gottvertrauen, Herr Pastor. Das da, in dem Sarg, war doch nur die irdische Hülle meines Mannes. Seine Seele ist bestimmt längst zu Hause, wo auch immer das nun sein mag."
„Das ist wahr." Der Geistliche entspannte sich.
„Ich danke Ihnen übrigens sehr für Ihre Predigt. Sie hätte meinem Mann sicherlich auch gefallen. So voller Poesie waren Ihre Worte. *Ein jegliches hat seine Zeit, und alles Vorhaben unter dem Himmel hat seine Stunde* - oder wie haben Sie das vorhin doch so schön gesagt?"

Ich bin ein anderer

Ich hatte eigentlich wirklich das Zeug dazu gehabt, mit meinen Büchern literarisch berühmt zu werden. Die erste Hürde nahm ich bereits im Alter von 26 Jahren. Mein Roman *Der Graswurzel-König* begeisterte die Kritik. Es war die Geschichte eines Arbeiterkindes, das in den späten 60er Jahren leidvoll erfahren muss, wie Pubertät, Emanzipation vom Elternhaus und Protest gegen bürgerliche Normen das Leben für immer verändern. Kein Feuilleton, das mir nicht wenigstens bescheinigte, ein Stück junge und äußerst progressive Literatur geschaffen zu haben. Man verglich mich in einer der führenden Zeitungen gar mit dem jungen Siegfried Lenz und Martin Walser. Doch das war lange her. Mein zweites Buch, eine Sammlung von zeitgenössischen Erzählungen um gesellschaftliche Außenseiter, erreichte schon nicht mehr den literarischen Erfolg des *Graswurzel-Königs* und das dritte Werk, ein Roman über eine Jugend in Ruhrgebiet der ausgehenden 90er Jahre unter dem Titel *Das Verglühen des Hochofens* ging dann ziemlich unter. Nach einem Jahr waren gerade einmal etwas mehr als 9.000 Exemplare verkauft worden. Jetzt war der Vorschuss für mein viertes Buch fast völlig aufgebraucht. Es sollte im Milieu arbeitsloser Russlanddeutscher angesiedelt sein und trug den Titel *Gestern war ich Wladimir*. Ich hatte eine Unmenge an Skizzen gemacht, war in den verschiedensten Städten gewesen, doch irgendwie kam ich nicht voran. Das erste Kapitel lag seit einigen Wochen bei meinem Verleger und er war alles andere als erbaut gewesen. Eine ganz und gar

schlechte Story, schrieb er in einer sehr langen E-Mail, er erwarte anderes und hätte nicht seit vielen Jahren eine Unmenge Geld in meine Arbeit investiert um eine derart langweilige Geschichte vorgesetzt zu bekommen. Überhaupt frage er sich, warum ich immer noch derart anachronistische Themen aufgreifen würde, das Geld werde auch bei gebildeten Lesern nicht mehr mit hochtrabender Weltverbesserungs- literatur, sondern mit gut gemachter Massenkonfektion verdient. Ich solle mir ein Beispiel an den Autoren nehmen, die auf der Buchmesse Hof hielten und stundenlang signierten. Eine positive Rezension mit 200 Zeilen im Kulturteil der FAZ sei eben nicht halb so viel wert, wie eine Einladung in eine Nachtshow im Privatfernsehen. Kurzum, er erwarte endlich Literatur, die sich verkaufen lasse, ansonsten werde er die Zusammenarbeit auf der Stelle beenden. Es folgte eine Liste grauenvoller Romane, die entweder bei irgendwelchen blutrünstigen Bruderschaften im Mittelalter oder aber bei unappetitlichen Serienkillern in Skandinavien spielten. In einem Werk sammelte jemand Augäpfel, in einem anderen wurden Menschen von einem Geisteskranken gemartert. Ein schwedischer Autor hatte gar drei Bände solcher Widerlichkeiten produziert, die sogar verfilmt wurden.
So erfolgreich wie diese Leute solle ich schreiben, dann wäre er wieder als Verleger für mich ansprechbar. Die Welt erwarte Blut und Derbheit, keinen soziologisch-literarischen Feinsinn. Dabei erwarte er natürlich nicht ein einfaches brutales Werk wie die der eingangs erwähnten Autoren, sondern schon eine intelligente Abhandlung über das Böse im Menschen auf höchstem Niveau. Und damit ich rasch beginnen könne, habe er schon einen Entwurf erarbeitet. So erwarte er binnen vier Wochen das erste Kapitel eines neuen Romans, in dem eine Reihe grausiger Dinge passieren sollten. Stellen Sie sich doch mal dieses Sujet vor, so schrieb er: Ein Mensch, ein Mitglied der besten Gesellschaft, wird aus seinem Alltag gerissen,

entführt und langsam zu Tode gefoltert wird. In dieser Situation lässt der Delinquent, ein angesehener und erfolgreicher Manager, sein ganzes Leben Revue passieren und zermartert sich sein sterbendes Hirn, warum der Mörder ihm dieses alles antut. Nie ist er dem Täter bewusst begegnet, der alle grässlichen Verrichtungen offensichtlich ohne jegliche Gefühlsregung verrichtet und im Schutze einer schwarzen Kapuze arbeitet. Er trennt ihm die Zehen ab, Füße, die Finger und die Hände, mit chirurgischer Präzision, er verabreicht Blutkonserven damit das Opfer nicht stirbt, ja er spielt gekonnt auf der Klaviatur der Schmerzmittel und Psychopharmaka um das Grauen ins Unendliche zu steigern. Die abgetrennten Gliedmaßen präpariert der Täter sorgfältig, drapiert sie um das Opfer herum, verbindet sie zu einer abstrusen Skulptur.
Der Sterbende aber erleidet nicht nur physisch die entsetzlichste Pein, sondern auch psychisch: weil er nicht weiß, warum das alles geschieht, wird die Qual unendlich. In Schmerzensträumen wandert sein Leben vorbei. Erste Liebe, Trauer, Demütigungen – alles erlebt das Opfer erneut mit einer ungeheuren Intensität. Jede neue Folterung birgt eine andere, nie verarbeitete Geschichte seines Lebens in die Erinnerung zurück. Sexuelle Ausschweifungen, Verrat, Misshandlungen, Korruption – alle Phasen erlebt der Delinquent unter Schmerzen erneut. Aber warum, fragt sich der Gemarterte, warum erlebt er das alles, während er langsam stirbt? Erst als der andere beginnt, das noch schlagendes Herz des Opfers vorsichtig zu entfernen und sein Gesicht enthüllt, erkennt der Geschundene die entsetzliche Wahrheit: Er ist in die Hände seines zweiten Ich gefallen, das Böse in ihm seziert ihn weil das Gute nie eine Möglichkeit hatte, dem Leben einen echten Sinn zu geben. Sein Tod ist nun eine große Erlösung, er hat sich selbst für sein schnödes, nur auf Habgier und gesellschaftliches Prestige gerichtetes Leben verurteilt und bestraft.

Sogar einen Arbeitstitel hatte mein Verleger schon ausgebrütet. Dieses monströse Werk sollte *Ich bin ein anderer* heißen. Es würde, so behauptete er, auf Anhieb ein Bestseller werden, denn es verband rohe Gewalt mit furchtbaren Demütigung, höchsten Intellekt mit sexueller Perversion und sprachlicher Perfektion. Das genau sei der Stoff, aus dem fortan erfolgreiche moderne Literatur für die Gegenwart geschaffen werde.

Mein Verleger hatte schon immer einen schlechten Geschmack gehabt, das sah man an seinen Frauen und seinen Anzügen, doch diese abscheuliche Splatter-Story konnte ich unmöglich schreiben. Mochte der philosophische Ansatz von *Freud'schem-Ich* und *Überich* ja psychologisch vielleicht noch interessant sein, so konnte ich mir aber überhaupt nicht vorstellen, die in dem Brief nur kurz skizzierten Alpträume schriftstellerische Wirklichkeit werden zu lassen. Seitenweise Schilderungen von unmenschlichem provoziertem Leid – das war überhaupt nicht mein Stil. Nichts lag mir ferner, als der Marquis de Sade des 21. Jahrhunderts zu werden. Ein grauenhaftes Vorhaben.

Ich suchte den Verleger auf, der hinter großen Stapeln von Büchern in seinem Büro über Verkaufszahlen gebeugt saß und anscheinend nicht besonders erbaut war über meinen unangemeldeten Besuch.

„Ich hatte mich doch klar ausgedrückt – warum kümmern Sie sich nicht um das neue Buch? Was wollen Sie hier? Ich möchte *Ich bin anderer* auf der Buchmesse im Oktober vorstellen, bis dahin ist nicht mehr viel Zeit."

Ich rutschte unruhig auf dem Stuhl herum. „Ich glaube, ich kann das nicht schreiben. Außerdem ist mein Manuskript *Damals war ich Wladimir* noch nicht fertig."

„Geschenkt. Kein Mensch interessiert sich für diesen Wladimir. Machen Sie mir diesen intellektuellen Thriller

fertig. Sprachlich auf höchstem Niveau! Dann sind wir wieder gut im Geschäft. Ich biete Ihnen 20 Prozent vom Erlös."
20 Prozent! Das war unglaublich viel. Die meisten Kollegen mussten sich mit acht oder neun, in seltenen Glücksfällen mit 15 Prozent begnügen. Dennoch, ich konnte *Ich bin ein anderer* nicht schreiben. Es ging einfach nicht. Ich würde mich nicht vor diesen Schinderkarren der Literatur spannen lassen. Egal, was man mir bieten würde – meine Antwort war nein.
„Ich kann nicht. Das ist nicht meine Welt. Und ich will es einfach auch nicht."
Er machte eine wegwerfende Handbewegung. „Unsinn! Natürlich können Sie! Sie haben einen ungeheuer guten Ausdruck, Sie sind mitreißend, Sie entwickeln gute Dramaturgien. Nur eben für die falschen Sujets!"
„Aber *Damals war ich Wladimir* ist kein falsches Sujet! Es geht um ein wichtiges Thema – nämlich um nicht weniger, als die Integration von ausländischen Menschen – noch dazu mit einem besonders komplizierten Migrationshintergrund!"
„Integration ausländischer Menschen... meine Güte, das hängt den Leuten zum Halse raus! Niemand hat Lust, diese langweiligen und niemals gelösten Probleme auch noch literarisch um die Ohren gehauen zu bekommen! Das ist Gift für jeden Verlag und jeden Buchhändler."
Ich stand auf und nahm meine Jacke. „Danke, das reicht. Mehr muss ich mir nicht anhören."
„Oh doch! Das werden Sie! Setzen Sie sich wieder. Sie werden sich zum Beispiel noch anhören müssen, was ich zum Verplempern von 20.000 Euro Vorschuss zu sagen habe! Oder wollen Sie mir das Geld hier auf den Schreibtisch legen?"
Das war ein wunder Punkt, ich musste es zugeben. Das Geld war weg – und ich hatte nicht die geringste Ahnung, woher ich es nehmen sollte, wenn mein Verleger es zurück wollte. Ich setzte mich, behielt aber zumindest trotzig die Jacke auf dem Schoß.

„Na also." Er lehnte sich zurück. „Verstehen Sie mich nicht falsch. Sie haben ein paar wirklich gute Sachen geschrieben. Aber jetzt muss da mal was Neues her! Etwas schärfer, aggressiver, ja, auch viel mehr Thrill! Sprachlich aber auf höchstem Niveau! Philosophisch! Das Grauen, das Blut als großartige Metapher, der Horror als Vehikel der überbordenden Verzweiflung."
Mehr Thrill. Sprachlich auf höchstem Niveau. Der Horror als Vehikel der überbordenden Verzweiflung Wie stellte er sich das vor? So wie sein Entwurf zu *Ich bin ein anderer*? Diese furchtbare Orgie aus Blut und Seelenpein? Das konnte ich doch nun wirklich nicht schreiben. Das war ich nicht.
„Ich brauche Zeit. Ich muss mich auf ein neues Sujet einlassen. Sie können mir nicht einfach so eine abstrakte Sammlung von grauenhaften Versatzstücken hinwerfen und dann sagen: Machen Sie ein Buch daraus."
Er fummelte an seiner Schreibtischschublade herum und brachte ein paar Blatt Papier hervor. „Es tut mir leid, das kann ich sehr wohl. Entweder liefern Sie mir ein Werk wie *Ich bin ein anderer* oder Sie zahlen den Vorschuss für Ihren Wladimir zurück. Und zwar bis nächsten Montag."
Bis nächsten Montag! Er musste wahnsinnig sein. Heute war Donnerstag. Woher sollte ich über das Wochenende so viel Geld auftreiben? Ich überlegte. Vielleicht sollte ich zu einem Anwalt gehen. Diese Erpressung war doch mit Sicherheit sittenwidrig. Niemand konnte mich zwingen, ein völlig inhumanes Buch zu schreiben. Aber selbst wenn mir der Anwalt Recht gab – sollte ich mich jetzt gerichtlich mit meinem Verleger anlegen, würde mir keiner seiner Kollegen jemals wieder ein altes Stück Brot, geschweige denn eine Romanveröffentlichung anbieten. Eine üble Zwickmühle. Vielleicht sollte ich erst einmal Zeit gewinnen und mir in Ruhe überlegen, wie ich glimpflich aus der Situation wieder herauskam.

Offensichtlich erriet er meine Gedanken, denn er schüttelte den Kopf. „Versuchen Sie mich nicht mit irgendeiner lahmen Erklärung hinters Licht zu führen um Zeit zu schinden. Ich habe hier einen Vorvertrag für *Ich bin ein anderer*. Ich gebe Ihnen genau eine Nacht, darüber zu schlafen. Sie lassen sich morgen unten an der Kasse 10.000 Euro in bar auszahlen und fangen sofort an. Auf die 20.000 für den verstaubten Wladimir verzichte ich. Außerdem gibt es 20 Prozent vom Erlös. Und das wird viel sein. Ich will direkt mit 50.000 gebundenen Exemplaren in Druck gehen."
„Und wenn es nicht geht? Wenn ich nicht gut bin?"
„Dann presse ich jeden für diesen dämlichen Wladimir verplemperten Euro eigenhändig aus Ihnen heraus. Und das wird kein Spaß werden! Aber das wird nicht nötig sein. Ich weiß, dass sie gut sein können. Wenn Sie wollen, können Sie doch alles. Sie müssen nur mal über diesen verdammten überheblichen Künstlerschatten springen. Also, was ist?" Er hielt mir den Vorvertrag hin.
Ich sah zur Wand. In meinem Inneren brodelte es.
„Also?!" Seine Stimme klang scharf. „Ich biete Ihnen das hier nicht zweimal an!"
Zögernd stand ich auf und nahm den Vertrag. „Na gut. Ich werde eine Nacht darüber schlafen. Mehr kann ich Ihnen nicht versprechen. Nur nachdenken."
„Tun Sie es. Schalten Sie Ihren Kopf ein und den Bauch aus. Treffen Sie die richtige Entscheidung. Sie haben das Zeug, groß raus zu kommen. Man muss Sie nur treten, dann geht es auch, glauben Sie mir. Und jetzt entschuldigen Sie mich. Ich habe zu tun. Machen Sie sich einen schönen Abend."
Mein Abend war alles andere als schön. Ich saß mit einer Flasche Rotwein vor dem Fernseher und sah mir irgendeinen Film an. Es ging um zwei Polizeibeamte in einer amerikanischen Großstadt, die einen Mörder suchten, der Menschen tötete, die sich angeblich einer der sieben

Todsünden schuldig gemacht hatten. Die beiden Beamten kamen an einen Tatort, an dem ein habgieriger Anwalt, der nachdem er in seinem Büro gefoltert worden war, dazu gezwungen wurde, Teile seines Körpers abzuschneiden und daran starb. Und so weiter und so fort. Eine Ekelhaftigkeit reihte sich an die nächste. Ein ganz normaler Film auf einem ganz normalen Sender zur Abendbrotzeit. Welche kranken Hirne dachten sich diese Drehbücher bloß aus? Ich stellte den Wein an die Seite, er schmeckte mir nicht mehr.
Ich schaltete um. Eine Reportage über die weibliche Zwangsbeschneidung im Sudan. Noch einmal schaltete ich weiter. Eine Sendung über Fettabsaugen und Ernährung. Auf dem nächsten Programm dann Nachrichten. An einer Schule irgendwo in der Provinz war ein junger Waffennarr Amok gelaufen. Ganze Regimenter von schwer bewaffneten Polizisten waren zu sehen, die das Schulgebäude hermetisch abgeriegelt hatten. Unter weißen Planen lagen mehrere Tote in Blutlachen. Auf dem nächsten Kanal dann ein irrer Koch, der Messer verkaufte und zu Demonstrationszwecken bergeweise Würste und Schinken massakrierte. Mein letzter Versuch, etwas zur Zerstreuung zu finden, führte mich in eine Dokumentation über die Entwicklung von modernen US-Kampfpanzern und Maschinengewehren.
Ich hatte genug und schaltete aus. Trank die Flasche leer und nahm immer wieder den Vertrag meines Verlegers in die Hand. Ich brauchte dringend Geld. Wenn ich das Buch doch schrieb? Nein. Das ging nicht. Ich konnte diesen ekelhaften Roman nicht schreiben. *Ich bin ein anderer* mochte wer auch immer zu Papier bringen, ich nicht. Ich zog mich aus und ging zu Bett, wo ich lange nicht einschlafen konnte, denn immer wieder sah ich das wütende Gesicht des Verlegers vor mir, der seinen Vorschuss für *Damals war ich Wladimir* zurück verlangte. Draußen fuhr hin und wieder ein Auto vorbei. Die Scheinwerfer wanderten durch die halboffene Gardine an der

Wand entlang bis über die Zimmerdecke. Endlich schlief ich ein.

Als ich mit Herzklopfen aufwachte, musste es weit nach Mitternacht sein. Es war stockdunkel um mich. Keine Autos waren zu hören, kein Laut drang von außen herein. Mein Kopf tat weh. Das musste vom Rotwein sein. Ich wollte mir die Augen reiben und erschrak entsetzlich. Meine Arme konnte ich nicht bewegen. Ich versuchte, die Beine anzuziehen, doch auch das ging nicht. Was war passiert? Hatte ich im Schlaf einen Schlaganfall erlitten?

Langsam gewöhnten sich meine Augen an die Finsternis. Ich war in einem Raum, den ich nicht kannte. Nackt gefesselt an eine aufrecht stehende Stahlplatte. Die Kopfschmerzen kamen von einem mit eisernen Dornen versehenen Riemen, der meinen Kopf fixierte. Neben mir war ein kleines Tischchen, auf dem ein Wasserglas stand, außerdem lagen dort einige sorgfältig gefaltete weiße Laken, daneben stand eine Kabeltrommel.

Mein Herz hämmerte vor Angst. Ich erinnerte mich an den Film über die sieben Todsünden, sah die furchtbaren Genitalverstümmelungen aus dem Sudan vor mir. Wer hatte mich heimlich hierher gebracht und an diese Stahlplatte gefesselt? Warum hatte ich nichts davon gemerkt? Ich wollte laut schreien, um Hilfe rufen, doch aus meinem trockenen Mund kam nur ein kümmerliches Krächzen.

Die Tür öffnete sich. Ein Mann trat ein. Er trug einen weißen Overall, der mit altem verkrustetem Blut bedeckt war. In der Hand hielt er ein rostiges elektrisches Messer, an dem Fleischfetzen hingen. Sein Gesicht war nicht zu sehen, denn er hatte eine Kapuze auf, wie sie die Henker des Mittelalters getragen hatten. Er ging auf mich zu und zog einen Fettstift aus der Tasche, mit dem er an mir herum malte. Als er damit fertig war, trat er einen Schritt zurück und betrachtete seine

Markierungen. Dann nahm er aus der Brusttasche des Overalls eine Spritze. Fast zärtlich schob er mir die Nadel in eine Vene. Etwas kroch heiß in mich hinein. Er warte auf ihre Wirkung während er mir über das Haar strich wie eine Mutter, die ihr Kind tröstet. In meinen Ohren fing es leise an zu sausen. Die Angst schwand langsam. Vor meinen Augen tanzten bunte Farben und Muster. Eine sonderbare Heiterkeit, gepaart mit freudiger Erwartung, erfüllte mich.
Der Vermummte breitete die Laken geschäftig um mich herum aus. Dann nahm er die Kabeltrommel und ging mit ihr in eine Ecke hinter mir, vermutlich war dort eine Steckdose, denn als er wieder vor mich trat, ließ er probeweise das Messer laufen. Es machte ein fürchterliches Geräusch. Er schaltete es wieder aus und zog sich ein paar Arbeitshandschuhe an, die von altem verkrustetem Blut hart wie Bretter sein mussten. Dann ließ er das Messer wieder an und begann, meine Zehen abzuschneiden, die er sorgfältig auf dem Boden nach Größe sortierte. Ein glühender Schmerz durchfuhr mich, doch ich brachte keinen einzigen Laut hervor. Ich sah auf meine entstellten Füße, aus denen rote Rinnsale liefen. Nie wieder würde ich aufrecht stehen können, doch diese Vorstellung erheiterte mich und ließ mich lautlos lachen und den Schmerz vergessen. Feurige Räder drehten sich plötzlich vor meinen Augen, ein infernalisches Feuerwerk explodierte in meinem Kopf und eine ungeheure Sinfonie aus Licht und Farben ließ mich erschüttern.
Dann nahm der Mann mit dem Messer langsam die Kapuze ab. Mit einem Schlag war ich nüchtern und spürte nur noch höllisches Entsetzen – und Schmerz. Ich sah in die Gesicht meines Verlegers. Er lächelte, dann weinte er und küsste meine verstümmelten Füße. Als er sich wieder erhob, war er über und über mit Blut besudelt. Eine Weile sah er mich an, strich mir wieder sanft über das Haar. Schließlich holte er aus dem Nebenraum ein riesiges Buch.

Dann trat das rasselnde Messer wieder in Aktion. Er schüttelte bekümmert den Kopf, als er mir langsam die Finger abschnitt, beim Daumen beginnend. Nie wieder würde ich mit den so verstümmelten Händen schreiben können. Er legte die Finger sorgfältig wie Lesezeichen zwischen die Seiten des Buches. Bestialische Schmerzen jagten in Wellen durch meinen Körper und endlich konnte ich schreien. Ich schrie und schrie während das Messer rotierte und mich weiter verstümmelte. Ich schrie noch, als längst meine Füße und Hände abgeschnitten waren. Kurz bevor er meinen Bauch mit dem rotierenden Messer öffnete um mich auszuweiden, zeigte er mir das Buch. Die vielen Seiten waren leer, nur auf der ersten stand mit meinem eigenen Blut geschrieben *ICH BIN EIN ANDERER*. Ein wildes rotes Meer brach krachend über mir zusammen.

Ich wachte von meinen eigenen Schreien auf. Minutenlang musste ich schon geschrien haben, denn draußen vor dem Haus waren beunruhigte Stimmen zu hören. Irgendjemand rief nach der Polizei.
Lange brauchte ich, bis sich mein Puls beruhigte. Dann stand ich auf und öffnete das Fenster. Die kalte Nachtluft tat gut. Draußen standen einige meiner Nachbarn auf dem Gehweg und sahen mich völlig verstört an. Ich musste wohl sehr laut geschrien haben.
„Es ist alles in Ordnung. Ich hatte einen Alptraum", sagte ich. „Bitte, mir geht es wieder gut."
Sie sahen mich an und schüttelten den Kopf, dann gingen sie wieder in ihre Wohnungen.
Ich stellte mich unter die heiße Dusche, machte mir Kaffee und versuchte, die entsetzlichen Bilder des Traumes zu verdrängen. Doch es gelang mir nicht. Schüttelfrostattacken jagten mir über den Rücken. Im Morgengrauen unterschrieb ich mit zitternder Hand den Vorvertrag meines Verlegers.

Nur wenige Monate später auf der Buchmesse war *Ich bin ein anderer* die am meisten diskutierte Neuerscheinung. Ich signierte weit über tausend Exemplare an einem einzigen Nachmittag. Die Feuilletons lobten das Buch und die berühmtesten Kritiker der Republik sahen die widerlichen Folterszenen als großartige Metaphern auf unsere politisch und sozial so unruhige Zeit. Es sei in seiner beklemmenden Großartigkeit nur mit den Werken de Sades zu vergleichen. Sprachlich dabei auf höchstem Niveau. Es war beängstigend. Ich bekam für das abscheuliche Buch mit seiner Menschenverachtung nur Zustimmung. Monatelang hielt sich *Ich bin ein anderer* auf den Bestsellerlisten. Es wurde in mehrere Sprachen übersetzt. Ich wurde vermögend – so vermögend, dass ich beschloss, nie wieder so ein Buch zu schreiben. Ein halbes Jahr hielt ich das durch. Dann unterschrieb ich einen neuen Vertrag. Ich hatte Blut geleckt.

Ein später Freund

Ich saß in einem dumpfen Kellergewölbe und brütete vor mich hin. Das *vino mundi* stand vor dem Ruin. Die Arbeit von Jahren war dahin. Ich lief Gefahr, ein Leben wie vor der Eröffnung meines Restaurants zu führen. Ein grauenhaftes, freudloses Leben zwischen der Tristesse des Großmarktes, der Hitze der Küche und dem ewigen Mobbing eines unfähigen cholerischen Küchenchefs. Es musste etwas passieren – und zwar rasch, sonst war alles vorbei. Hier, in diesem Keller, musste ich eine Entscheidung treffen.

Dabei hatte einst alles so gut angefangen, damals vor sieben Jahren. Ich werde nie den Tag vergessen, als mich der Anruf dieses Anwaltes erreichte. Ich kannte den Mann nicht, doch er wusste ganz genau, wer ich war. Es war ein Montag, ich hatte lange geschlafen, denn am Sonntag hatte ich bis in die Nacht hinein hart gearbeitet. Montags war Ruhetag – der einzige Tag in der Woche, der mir ohne Arbeit blieb.
„Herr Bernardi, ich muss Sie bitten, in einer wichtigen Angelegenheit in meine Kanzlei zu kommen."
Ich war völlig verblüfft. Was wollte der Mensch von mir? Ich hatte keinen eigenen Anwalt und brauchte als Koch in einem teuren Kölner Restaurant vermutlich in absehbarer Zeit auch keinen – es sei denn, ich erschlug den widerwärtigen Küchenchef, was ich zugegebenermaßen in Gedanken schon ein paar Mal getan hatte. Mal nahm ich dafür einen großen Schöpflöffel, mal ein Beil, dann wieder eine der großen

gusseisernen Pfannen. Aber das war nur in meinen finsteren Tagträumen so. Der Chef war immer noch höchst lebendig und schikanierte seine Gang, wo er nur konnte. Vor allen Dingen auf mich hatte er es leider abgesehen, denn ein ehemaliger Philosophiestudent, der erst im Alter von gut 30 Jahren seinen Küchenmeister gemacht hatte, war ihm äußerst verdächtig, zumal meine Kreationen oft bei den Gästen besser ankamen, als seine plumpen Menüs. Doch ich würde hier immer nur Sous-Chef bleiben, denn der garstige *Maître de Cuisine* wie er sich gern hochtrabend nannte, war der Bruder des Restaurantbesitzers.
„Ich kenne Sie überhaupt nicht", sagte ich zu dem Anwalt und gähnte herzhaft. „Warum also soll ich in Ihre Kanzlei kommen?"
„Weil ich hier ein Testament zu eröffnen habe. Das geht nur in Ihrer Anwesenheit."
„Davon weiß ich nichts. Das muss eine Verwechselung sein."
„Sind Sie Bruno Bernardi, geboren am 24. November 1968, momentan wohnhaft in der Steinstraße 124 in Köln, und Koch im *Chez Monsieur*?"
„Ja, das bin ich."
„Dann ist das hier auch keine Verwechselung. Kommen Sie bitte heute Nachmittag um drei Uhr in meine Kanzlei am Hohenzollernring."
Es war tatsächlich keine Verwechselung. Das Testament war von Karl-Friedrich von Wagner. Wagner war ein Vetter meines verstorbenen Vaters gewesen, ich hatte ihn ein oder zweimal in meiner Kindheit gesehen, dann war er verschwunden. Er war aus einer Nebenlinie unserer Familie, die aus altem Adel stammt und wohl nur versehentlich mit uns, den einst aus Italien zugewanderten Bernardis, in Kontakt gekommen war. Dieser verstorbene Mann war mir so unbekannt, wie die Menschen, mit denen ich am Morgen in der U-Bahn stand um zur Arbeit zu fahren. Doch irgendetwas

musste ihn mit mir verbunden haben – und wenn es vielleicht auch nur die entfernte Blutsverwandtschaft war. Jedenfalls war der verwitwete Karl-Friedrich von Wagner kinderlos verstorben, im gesegneten Alter von über 80 Jahren – und hatte ausgerechnet mich zum Alleinerben eingesetzt.

Dieses Erbe war faszinierend. Die von Wagners waren einst ein altes Geschlecht von Rittern und später Winzern gewesen. Der Name von Wagner stand früher über Generationen für erstklassige Weine. Karl-Friedrich von Wagner hatte zwar die meisten Weinberge längst verkauft, doch er war der Familientradition immerhin treu geblieben und hatte einige Ländereien behalten. Dazu gehörte ein altes, allerdings ziemlich herunter gekommenes Kastell aus dem 14. Jahrhundert am Mittelrhein mit eigenem Weinberg. Außerdem zwei große Eigentumswohnungen in Mainz in bester Lage sowie ein überaus üppiges Portfolio an Wertpapieren. Ich trat das Erbe sofort an. Ein Traum schien in Erfüllung zu gehen. Burgherr und Winzer am Rhein. Das musste das vollkommene Glück auf Erden sein.

Ich verkaufte die Wertpapiere und investierte alles in das marode Kastell. Das Gemäuer sollte wieder eines der schönsten zwischen St. Goar und Bingen werden. Es war ein Fass ohne Boden. Die Substanz hatte in den letzten 600 Jahren stark gelitten, von den baufälligen An- und Umbauten der Familie von Wagner aus dem 19. Jahrhundert ganz zu schweigen. Schwamm und Algen hatten sich überall breit gemacht. Ungeheure Auflagen des Denkmalschutzes brachten mich zur Verzweiflung, mehr als einmal stand ich kurz davor, alles zu verkaufen. Doch ich hielt tapfer durch. Drei Jahre dauerte der Umbau. Er kostete mich nicht nur das komplette Wertpapierdepot, sondern auch die beiden großen Eigentumswohnungen in Mainz.

Das Ergebnis konnte sich sehen lassen. Das Kastell war wunderschön geworden. Ein wahres Kleinod, wie geschaffen

für ein exklusives Restaurant. Der alte Rittersaal im gotischen Stil, die Lounge im ehemaligen Verlies, der Turm mit seiner kleinen Bar – und der riesige Weinkeller, den die von Wagners in Jahrhunderten in den Berg hinein ausgebaut hatten, in dem allerdings nur noch große Mengen uralter, fast durchweg ungenießbarer Weine lagen. Eine Reihe unübersichtlicher uralter Katakomben, die zum Teil einsturzgefährdet und für meine klaustrophobische Neigung ein Gräuel waren. Ich mied die finsteren tropfenden Höhlen in denen die Luft seit Jahrhunderten stickig stand und füllte nur den modernen Teil des gigantischen Kellers mit tausenden von neuen Flaschen, denn meine Weinkarte sollte der der besten Häuser ebenbürtig sein. Ich taufte mein Restaurant *vino mundi*, Wein der Welt.
Aber ich wollte nicht nur gekauften Wein ausschenken. Andreas Spader, ein junger aufstrebender Önologe aus Bacharach, hatte mir versprochen, auch den Weinberg rund um das alte Gemäuer wieder zu einem großen Gewächs zu machen. Spader war ein lebenslustiger rothaariger Hüne mit Sommersprossen und blauen Augen mit blonden Wimpern. Ich fasste sofort Vertrauen zu ihm.
Spader hatte die Weinberge seiner berühmten Familie inzwischen an einen Großproduzenten verkauft und sich als Berater für aufstrebende Winzer selbständig gemacht. Wir gingen einen Nachmittag gemeinsam durch den Weinberg. Hier wuchs ein Spätburgunder, der in früheren Zeiten einmal stilbildend gewesen war und noch eine gute Substanz hatte. Spader war nicht billig und setzte alles ein, was möglich war. Er ließ den Boden in verschiedenen Schichten belüften, legte komplizierte Drainagen, nahm einen besonderen Beschnitt der Reben vor, verwendete spezielle Mineralien und allerhand andere Dinge, an die ich mich als Laie nicht mehr im Detail erinnere. Wochenlang war er mit seinen Helfern im Weinberg. Die alte Kelterei wurde wieder aufgebaut. Dieses Vorhaben fraß meine letzten Reserven. Außerdem benötigte ich eine

saftige Hypothek. Da aber das Restaurant im ersten Jahr gut angelaufen war, gab mir die Sparkasse bereitwillig einen Kredit.
Der erste Jahrgang war entgegen aller hohen Erwartungen eine Enttäuschung. Der gekelterte Wein war für meinen Geschmack dumpf und fade, seine Farbe blass Rot und stumpf. Banaler Durchschnitt, wie er hier in der Region von hunderten von Winzern produziert wurde. Gute 15.000 Flaschen bessere Supermarktware. Ich bot ihn im Restaurant für 29,50 die Flasche an, im Verkauf ab Kellerei für 9,90. Er lief nicht besonders gut, doch die Touristen kaufen regelmäßig ein paar Kartons.
Mein Önologe war bekümmert, aber nicht ratlos. Er sah mich aus seinen blauen Augen, in denen immer ein Hauch gutmütiger Spott lag, nachdenklich an. „Wir müssen es einfach weiter versuchen. Es dauert, bis so ein Wein sich entwickelt. Dazu gehört nicht nur erstklassiges Handwerk, sondern auch eine gute Portion Geduld. "
Ich zuckte die Schultern. „Sie haben gut reden. Geduld sagen Sie. Viel Zeit habe ich nicht mehr. Wir sind im vierten Jahr. Wenn nicht bald was passiert, geht mir das Geld aus."
Spader hielt mir die Hand hin und seine Augen strahlten: „Herr Bernardi, ich verspreche Ihnen, die nächste Lese wird alles hier am Mittelrhein übertreffen."
„Na hoffentlich. Lange geht's hier nicht mehr gut. Es wird finanziell mehr als eng für mich."
Spader lächelte sein spitzbübisches Lächeln.
„Deswegen bin ich ja hier. Ich wette mit Ihnen. Geben Sie mir 24 Monate. Dann haben Sie hier einen Wein, um den man Sie beneiden wird. Einen Bernardi-Wagner, der fast jedem französischen Grand Cru ebenbürtig ist."
„Ich kann keine zwei Jahre mehr warten. Entweder schließe ich den Weinberg oder das Restaurant. Ein Jahr. Höchstens. Mehr geht nicht."

Spader rieb sich nachdenklich das Kinn. „Das ist wenig Zeit. Aber ich will mein Bestes geben. Unter einer Bedingung."
„Und die wäre?"
„Beteiligen Sie mich am Umsatz von Restaurant und Kellerei. Mit zehn Prozent. Dann steige ich richtig hier ein. Ich habe noch so einige finanzielle Reserven. Davon könnte ich Ihnen einen sehr günstigen Kredit geben, den Rest müsste die Sparkasse übernehmen."
Zehn Prozent! Das war viel. Aber ich wollte nicht nur mit meinem Restaurant erfolgreich sein. Wenn es jemand schaffen konnte, einen besonderen Wein zu schaffen, dann wohl Spader. Meine Eitelkeit siegte über die Vernunft.
„Gut. Sie sind dabei. 10 Prozent. Was brauchen Sie dafür?"
Er überlegte. „Eine genaue Liste mache ich noch. Aber ich will freie Hand. Die Kelterei ist fortan mein Revier. Niemand darf dort ohne meine Erlaubnis hinein. Niemand."
Ich stutzte. „Niemand? Sie meinen wahrscheinlich niemand außer dem Burgherrn?"
Er schüttelte den Kopf. „Nein, auch Sie nicht, Herr Bernardi. Es geht um das, wovon ich lebe. Die Winzerei ist eine sehr alte Kunst. Manche vergleichen sie sogar mit der schwarzen Magie. Kein Alchemist lässt sich, wenn er versucht Gold zu machen, gerne über die Schulter schauen."
„Wenn ich mich dunkel erinnere, ist das auch niemandem gelungen. Einer hat wohl aus Versehen das Porzellan beim Goldmachen erfunden, ein anderer, irgendein Mönch, hat sich mit seiner Mischung in die Luft gesprengt, so heißt es."
Spader lachte. „Berthold Schwarz. Der Erfinder des Schwarzpulvers, so sagt man. Ja, angeblich ist ihm die ganze Mischung um die Ohren geflogen, irgendwann im Mittelalter in seinem Kloster. Man muss schon sehr aufpassen, bei dem, was man macht." Er schüttelte den Kopf. „Vielleicht war der Vergleich mit dem Gold nicht so überzeugend. Ich bin aber tatsächlich im Besitz von Rezepten und Möglichkeiten, einen

wirklich guten Wein zu kreieren. Wenn sie mein Geheimnis kennen, werde ich arbeitslos. Deshalb möchte ich keine Zuschauer. Ich kann kein Gold machen, aber einen Wein, der Gold wert sein kann!"
„Machen Sie das, Herr Spader. Sagen Sie, was Sie brauchen. Es soll an nichts fehlen. Niemand wird Sie stören. Und Sie bekommen zehn Prozent. Aber eines sage ich Ihnen: Gnade Ihnen Gott, wenn der Wein nichts taugt."
Spader lächelte. „Keine Angst. Ich zaubere Ihnen einen Bernardi-Wagner, von dem die Fachwelt begeistert sein wird. Und der uns beide vermögend machen kann."

Ich ließ ihn gewähren. Das Vorhaben verschlang Unmengen an Geld. Was ich im Restaurant verdiente, floss direkt in den Weinberg. Spader lieh mir Geld, Meine Kredite bei der Sparkasse mussten verlängert werden. Aber Spader behielt Recht. Der Wein war großartig, auch wenn der Ertrag kleiner war, als erwartet. Gute 12.000 Flaschen. Doch das tat seinem Erfolg keinen Abbruch. Auf Anhieb gelang es dem Bernardi-Wagner viele Verkostungen zu gewinnen. Die Feinschmecker-Magazine waren des Lobes voll, das Restaurant platzte aus allen Nähten obwohl ich mächtig an der Preisschraube drehte. Der alte Traditionsname von Wagner machte es möglich. Wir feierten den Erfolg im kleinen Kreise bis weit nach Mitternacht. Ich stand irgendwann auf, ging die Stufen des Turmes hinauf und ging nach draußen auf seine Empore, um eine Zigarre zu rauchen. Einsam stand ich dort und sah auf den Rhein hinab, diesen Urvater der Flüsse Europas, der sich majestätisch seinen Weg bahnte. Weit sah ich ins Land hinein, von der anderen Flussseite grüßte die Loreley und irgendwo tief unten im Tal donnerte ein später Zug in Richtung Mainz. Am Himmel stand ein goldener Mond, der ein mildes Licht auf mein Kastell warf und ich hatte fast das Gefühl, das alte Gemäuer sprechen zu hören. Der leise Wind bewegte sacht die

Fahne mit dem Familienwappen derer von Wagner, das ich mir erlaubt hatte, mit einem „B" für die Linie der Bernardis zu ergänzen. Ich sandte ein Dankgebet an meinen großzügigen Erblasser Karl-Friedrich von Wagner, dem ich dieses wunderbare Glück verdankte, gen Himmel, und zog zufrieden an meiner Zigarre.

Hinter mir hörte ich, wie knarrend die Turmtür aufging. Es war Andreas Spader, eine Flasche Wein und zwei Gläser in der Hand.

„Ich hoffe, ich störe Sie nicht, Herr Bernardi."

„Aber nein. Ich wollte nur etwas abschalten, einen Blick über den Rhein werfen, diesen wunderbaren Fluss."

„Der Schicksalsstrom Deutschlands. Hier sind einst die Nibelungen hinab gefahren."

„Und haben ihr Gold im Fluss versenkt."

Spader lachte. „Ja, das haben sie wohl gemacht. Leider weiß niemand, wo."

„Schade eigentlich."

„Aber was ist schon Gold."

„Sie meinen gegen einen guten Wein, was?"

Er lächelte und goss den mitgebrachten Wein ein. „Ich habe Ihnen hier etwas mitgebracht. Einen interessanten Wein. Ich möchte wissen, was Sie von ihm halten."

„Was für ein Wein?", fragte ich.

„Probieren Sie erst einmal."

Ich trank vorsichtig einen kleinen Schluck. Ich ließ den Wein im Mund langsam zergehen. Meine Zunge war pelzig vom Rauch der Zigarre und doch merkte ich, wie groß der Wein war. Er war fruchtig und doch angenehm erdig. Ein Hauch von Sandelholz und reifen Brombeeren.

Einmalig. Auch nach dem Abgang blieb der Gaumen noch lange wie verzaubert. Ich fühlte einen wohligen Schauer.

„Großartig. Einfach großartig. Was ist das?"

„Raten Sie, Herr Bernardi."

„Mmmhhh...", ich trank einen neuen kleinen Schluck, „Es ist ein Franzose, ein Bordeaux." Ich achtete noch einmal auf den Abgang im Mund. „Hmm. Tja, vielleicht ein Fronsac? Nein, nein, doch eher ein Pomerol. Ja, ganz klar, ein Pomerol. Die Zigarre hat meine Zunge belegt, ich bin heute nicht so gut. Ein Pomerol und zwar ein sehr guter."
Spader lachte. „Na ja, nicht so ganz falsch. Pomerol ist schon sehr gut." Er griff in seine Jackentasche und holte ein Feuerzeug heraus, lies es aufflammen und hielt es an das stark lädierte Etikett des Weines. Ich sah schemenhaft im Flackern die gekreuzten Schlüssel des heiligen Petrus ehe der Wind die Flamme ausblies. Mir wurden die Knie weich.
„Ist das wahr? Ein *Petrus*?", sagte ich atemlos „das ist ein *Petrus*?" Ich glotzte wie hypnotisiert auf die Flasche. „Mein Gott, das ist ja unglaublich! Ein *Petrus*!!"
„Na ja, jetzt kriegen Sie sich mal wieder ein, Herr Bernardi. Auch ein *Petrus* ist eben nur ein Bordeaux, wenn auch einer, der eine lange Tradition und Familie nachweisen kann. Viel Merlot, ein wenig Cabernet-Franc. Das war es doch eigentlich schon. Und viel Winzer-Technik drum herum, garniert mit einer äußerst geschickten Vermarktungsstrategie."
„Na, das ist aber eine mächtige Untertreibung. Es ist doch ein *Petrus*, einer der berühmtesten Weine der Welt!"
„Das ist richtig. Ein *Petrus* ist schon etwas Besonderes. Aber für viele vor allen Dingen wegen des Namens."
„Wo haben Sie den denn her?"
„Sie werden lachen. Wir haben ihn hier unten im Keller gefunden."
„In meinem Keller?"
„Ja, als wir Platz schafften für unseren neuen eigenen Jahrgang. Eine Unmenge alter Flaschen lagert dort. Das meiste ist inzwischen Essig. Bis auf diesen *Petrus* hier. So ziemlich die einzige von den alten Flaschen, die noch genießbar schien. Das Etikett war fast zerstört."

„Und den trinken wir jetzt mal eben so weg. Wir versaufen sozusagen mein Erbe, Herr Spader. Sie haben schon Nerven."
„Ja, denn nur so werden wir wissen, was wirklich ein Vino mundi ist. Natürlich hätte man die Flasche versteigern können. Sie hätte vielleicht 3.000 Euro gebracht, vielleicht mehr. Aber was wäre das gegen diesen Moment? Ein Moment, in dem etwas Großes entstehen kann!"
„Sie haben Recht. Was ist schon Geld gegen diesen Moment."
Ich atmete tief ein. „Also, wie geht es weiter?"
Spader lächelte. „Einen *Petrus* kann ich Ihnen nicht machen, dafür haben wir hier auf dem Terroir zu wenig Kies – aber einen Wein, der alles hier bisher übertreffen wird, will ich gern für Sie versuchen. Die Reben sind gut, wieder sehr gut. Die viele Arbeit hat sich gelohnt. Ich kann jetzt mit diesem Terroir und den Weinstöcken fast alles."
„Besser als dieser Jahrgang Bernardi-Wagner? Der ist schon sehr gut!"
„Deutlich besser. Viel besser."
Ich überlegte. Der jetzige Jahrgang war gut, im Restaurant kostete die Flasche 60 Euro und wurde gern und oft geordert. Selbst in der Kellerei konnten wir 25 Euro nehmen.
Spader schien meine Gedanken zu erraten. Er begann erst zu lächeln, dann strahlte er mich an. „Einen Jahrhundertwein. Ich mache Ihnen einen Wein, der alle großen Namen nicht nur hier am Mittelrhein in den Schatten stellen wird. Ein Teil dieses Jahrgangs habe ich dafür schon im Fass weiter ausgebaut um zu sehen, wie er sich unter entsprechenden Bedingungen macht."
Ich sog nachdenklich an der Zigarre. „Wenn, will ich nicht nur diese ganzen Massenproduzenten am Rhein abservieren. Ich will eine Qualität, die man auch in der Pfalz, in Baden und in Württemberg erstklassig nennen wird. Einen Wein, bei dessen Verkostung auch die ganz Großen vor Neid erblassen. Ein Wein, den man auch in Frankreich bewundert, in Italien."

Er nickte. „Ja. Das will ich auch."
„Abgemacht?"
„Abgemacht. Bei 33 Prozent Beteiligung."
33 Prozent! Spader war größenwahnsinnig. Aber er war ein wahrer Meister. Ein habgieriger Zauberer. Ich stöhnte. „Das ist viel, sehr viel!"
„Das ist wenig. Sehr wenig für das, was Sie dafür bekommen."
Ich musste überlegen. „Geben Sie mir noch etwas von dem *Petrus*."
Spader füllte die Gläser.
Ich nahm einen Schluck und ließ den Wein auf der Zunge zergehen. Dann fasste ich einen Entschluss. Ich trank ihm zu. „Ich will meinen *Petrus* – ich will, dass Sie eine Legende schaffen! Dann sind wir im Geschäft."
Er lächelte spitzbübisch und stieß mein Glas an. „Wir sind im Geschäft, Herr Bernardi. Sie werden staunen!"

Es dauerte über drei Jahre. Aber dann erlebte die Welt der Weinfreunde eine Sensation. Ein Bernardi-Wagner kam auf den Markt, der unvergleichlich war. Tiefrot, kraftvoll mit Nuancen von Brombeeren und äußerst komplexen Aromen. Großartig. Wunderbar. Die Fachwelt rätselte, wie es Spader gelungen war, einen derartigen Wein zu schaffen. Es gab Experten, die behaupteten, ein Wein dieser Güte müsse sehr lange gelagert haben und könne niemals nach zwei oder drei Jahren diese Qualität erreicht haben. Manche behaupteten gar, alles sei Schwindel. Aber Experten hin oder her, jeder Kommentar in irgendeinem Weinforum, jede Bemerkung eines Kenners sorgte dafür, dass der Bernardi-Wagner in aller Munde war. Allerdings war der Ertrag sehr klein. Statt der erhofften 12.500 Flaschen waren es nicht einmal 8.000.
Spader hatte eine Unmenge an Geld verbraucht um diesen Wein zu schaffen. Das allein wäre noch nicht so schlimm gewesen, doch ausgerechnet in diesem Jahr erreichte die lange

angekündigte Wirtschaftskrise ihren Höhepunkt. Die Gäste kamen seltener und die, die kamen, bestellten längst nicht mehr so verschwenderisch wie früher. Dann verlangte die Sparkasse auch noch den Kredit zurück. Da saß ich nun mit meinem großartigen Wein – und hatte dennoch kaum noch Geld.

Ausgerechnet Spader schien mir helfen zu wollen. Wir saßen am Kamin im Rittersaal und ich rauchte nervös eine Zigarre während er mir einen ungeheuerlichen Vorschlag unterbreitete. Er bot mir an, das *vino mundi* zu kaufen, es weiter unter dem Namen Bernard-Wagner zu betreiben und mich auszuzahlen. Er habe genug Geld aus dem Verkauf der Weingüter seiner Familie, es sei sicher im Ausland angelegt und er würde mich großzügig abfinden. Dabei sah er mich völlig unschuldig aus seinen blauen Augen unter den blonden Wimpern an. Eine Frechheit. Ich hatte Unsummen in ihn und seine Künste investiert und jetzt wollte er mich kurzerhand ausbooten. Doch blieb mir eine andere Wahl? Ich drückte gereizt die Zigarre aus und erbat mir Bedenkzeit.
Am nächsten Tag war das Restaurant wegen der jährlichen Betriebsferien eine Woche geschlossen und ich brütete über den Abrechnungen. Wie hatte es nur so weit kommen können? Es war meine verdammte Eitelkeit. Es hatte mir nicht genügt, ein erfolgreiches Restaurant zu führen, ich wollte auch als Weinkenner und Gutsherr anerkannt sein. Spader hatte das rücksichtslos ausgenutzt. Ich machte einen Spaziergang über meinen Weinberg und ging missmutig zur Kellerei. Niemand arbeitete heute hier. Ich ging gedankenverloren durch die Abfüllerei und stand vor der Tür von Spaders Büro. Abgeschlossen. Da packte mich ein wilder Grimm. Aus meiner eigenen Kellerei hatte ich mich von ihm weisen lassen, ihm alles überlassen. Voller Wut trat ich die Tür ein. Ratlos stand ich plötzlich in dem peinlich geordneten Raum.

Abrechnungen, Analysen, viele Ordner voll. In einem kleinen Nebenraum gammelten die Akten aus den Jahren der von Wagners leise vor sich hin. Meine Wut war mit einem Schlag verraucht. Was hatte ich erwartet? Das obskure Labor eines Alchemisten? Geheimrezepte für die Produktion besonders edler Weine? Eine Batterie an Lebensmittelchemikalien, die heimlich unter den Wein gemischt wurden?

Ziellos blätterte ich in den Unterlagen. Als es dunkel wurde, wollte ich das Büro wieder verlassen – aber irgendwie zog mich das Nebenzimmer mit den alten Unterlagen derer von Wagner an. Ich nahm wahllos einige der alten Aktendeckel in die Hand, dachte an meinen großzügigen Ahnen, dem ich dieses flüchtige Glück zu verdanken hatte, dass jetzt womöglich Spader in die Hände fallen sollte. Trauer überkam mich. Ich warf den letzten, mit einer brüchigen Schnur umwickelten Aktendeckel samt Inhalt ins Regal zurück und wollte gehen. Dazu kam es allerdings nicht, denn etwas fiel aus den alten Papieren. Ein Plan in einer Klarsichthülle. Ich war erstaunt und breitete ihn aus. Es war der uralte Grundriss des Weinkellers, datiert auf das Jahr 1869, dem Jahr, in dem die von Wagners das alte Kastell begannen im Stile der Neo-Gotik umzubauen. Mein Herz begann wild zu klopfen. Wie kam der Plan in eine Klarsichthülle des 21. Jahrhunderts?
Zwei Stunden später war ich im Bilde. Ich war das Opfer eines ebenso genialen, wie skrupellosen Coups geworden. Spader hatte den Plan bei der systematischen Durchsuchung der alten Unterlagen gefunden – und dabei entdeckt, dass nicht nur über Jahrhunderte Raubritter, schwedische Söldner und napoleonische Soldaten die gewaltigen Katakomben des Weinkellers als Kasematten genutzt hatten, sondern dass auch vor über 150 Jahren der Urgroßonkel meines Erblassers einen abgelegenen Teil mit großen Fässern versehen hatte – und hier längst vergessener Wein lagerte. Wein von Rebstöcken, die

Jahre später von der gefürchteten Reblaus für immer zerstört worden waren. Ein unendlich wertvoller Schatz, den Spader gehoben hatte.
Mich packte die kalte Wut. Nicht nur, weil ich rechtmäßiger Eigentümer dieses Weines war, der hier seit vielen Jahrzehnten schlummerte. Nein, der verfluchte Scharlatan hatte mir mein eigenes Hab und Gut auch noch doppelt verkauft. Mit einer Taschenlampe und dem Plan war ich hinabgestiegen in die düsteren Katakomben, hatte gegen meine Klaustrophobie angekämpft und nach langer Suche endlich die alten Fässer entdeckt. Sie lagerten in einem Gewölbe tief im Fels, der durch einen schmalen Gang vom eigentlichen Keller abgetrennt war. Zehn große Fässer waren es. Sogenannte Stücke, jedes mit einem Fassungsvermögen von 1200 Litern. Außerdem noch eine Reihe kleiner Fässer, Halbstücke, die in gemauerten Nischen standen. Nur der alte Plan von 1869 zeigte noch das Fassgewölbe, alle neueren Grundrisse die ich in den Unterlagen fand nicht mehr. Niemand kannte diesen Keller. Niemand außer Andreas Spader – und jetzt mir. Ich untersuchte die Fässer. Die Hälfte war leer. Als ich den Keller verließ, graute der Morgen und ich fiel wie tot ins Bett.

Am Mittag stand ich auf und brauchte eine halbe Stunde unter der heißen Dusche um wieder einen klaren Kopf zu bekommen. Was sollte ich tun? Spader anzeigen? Ihn vom Weingut prügeln oder die Loreley hinabstürzen? Ihn meinerseits erpressen? Ich war ratlos. Am Nachmittag rief ich ihn an und bestellte ihn aufs Kastell. Ich war gerade in der Restaurantküche und machte meine Aufstellung für die Menüs der kommenden Woche als er kam. Er blieb dabei erstaunlich ruhig.
„Ja, ich war so frei, den alten Wein neu abzufüllen. Glauben Sie ja nicht, das ginge so einfach. Nur ein winziger Fehler beim Umfüllen, zu viel Sauerstoff oder Licht - und alles wäre

verloren. Ich habe Wochen dafür gebraucht, die 8.000 Flaschen zu befüllen."
„Sie allein?"
„Natürlich nicht. Wir waren zu fünft."
„Wer sind diese vier anderen, Herr Spader? Ich will es wissen, wenn ich Sie anzeige! Ich bringe Sie und Ihre Helfershelfer vor Gericht."
Er lachte mir sein spitzbübisches Grinsen ins Gesicht.
„Anzeigen? Sie sind doch verrückt, Herr Bernardi! Wenn Sie das machen, sind Sie doch für immer blamiert! Der große Gourmetkoch und Burgbesitzer, der einmalige Bernardi – ein Betrüger, der seinen alten geerbten Wein einfach neu abfüllt und die Leute über den Tisch gezogen hat. Schöne Schlagzeile! Das würden Sie niemals tun. Vor Ihnen habe ich keine Angst."
Ich biss mir auf die Lippe. Der Mann hatte leider Recht.
„Diese anderen vier sind übrigens lange fort. Es waren Wanderarbeiter aus Ungarn, erfahrene Weinbauern wie ich, die leider kein Wort Deutsch verstehen und sicherlich längst wieder in ihrer Heimat sind. Polnische Professoren stechen hier bei uns den Spargel, ungarische Winzer füllen Ihren alten Wein ab. Was stört Sie daran?"
„Sie haben mich betrogen! Sie haben mich die ganze Zeit betrogen!"
„Unsinn. Das habe ich nicht. Sie wollten einen ganz besonderen Wein. Ich habe mir wochenlang das Hirn zermartert, wie das zu bewerkstelligen ist. Der Boden hier ist gut, die Rebstöcke auch. Wir haben einmal einen sehr guten Wein geschafft, einen Wein, der hohe Anerkennung genießt. Aber Sie wollten mehr! Sie wollten Ihren persönlichen *Petrus*."
„Weil Sie mich darauf gebracht haben!"
„Eben! Es war meine Idee! Ich habe alle Unterlagen der alten Kellerei durchgearbeitet – bis ich die Baupläne von 1869 fand.

Und den Plan des vergessenen Fassgewölbes. Und genau dort lag die Lösung unserer Probleme. Das Gold der Nibelungen in Form von zehn wunderbaren Fässern. Wir beide sind jetzt Stars in der internationalen Weinwelt! Parker hat Ihren Wein verkostet und 97 Punkte vergeben! 97! Das ist einmalig! Ich bin der beste Weinbauer am gesamten Rhein, dass sollten Sie gemerkt haben!"
„Parker hin oder her - Sie haben einen Riesenhaufen von meinem Geld verbraucht! Wofür?"
Er sah mich ärgerlich an. „Ich habe jahrelang in mühevoller Arbeit Ihren ganzen völlig verkommenen Weinberg in Form gebracht. Da war doch alles verkorkst! Jahrzehntelang hatte der alte von Wagner alles herunter gewirtschaftet. Und jetzt? Es ist jetzt einer der besten am ganzen Rhein! Glauben Sie, dass kostet nichts!?"
„Ich bin so gut wie pleite!"
„Das tut mir leid. Aber ich habe Ihnen ja gesagt, dass ich Ihnen alles abkaufe. Mein Angebot gilt."
Langsam wurde ich wütend. „Ihr Angebot? Das ist ja wohl eine Frechheit! Sie haben mir meinen eigenen Wein verkauft!"
„Einen uralten Wein, den Sie nicht kannten – und den nur ein exzellenter Experte überhaupt noch umfüllen konnte! Nur ein Experte und Fachmann wie ich."
„Sie haben vorgegeben, den Wein selbst kreiert zu haben – alles eine einzige Lüge! Sie haben mich schäbig betrogen. "
Spader lachte. „Das ist lächerlich. Sie haben sehr von mir profitiert. Aber ich bin es satt, mit Ihnen zu diskutieren. Entweder, Sie nehmen mein Angebot an – oder Ihr Laden geht in die Zwangsversteigerung. So sieht es aus, Herr Bernardi!"
„Niemals! Verschwinden Sie! Ich will Sie hier nie wieder sehen, verstehen Sie? Nie wieder! Raus aus meinem Haus!"
Spaders Lachen wurde höhnisch breiter: „Ihr Haus? Das ist ein guter Witz! Ihr Haus gehört doch längst der Sparkasse! Und mir! Ich bekomme immer noch meinen Anteil vom letzten

verkauften Jahrgang! Sie schulden mir eine Menge Geld für meine Arbeit!"

„Nichts bekommen Sie! Gar nichts! Sie verschwinden und ich will Sie hier nie wieder sehen! Wenn Sie es wagen, noch einmal Ihren Fuß auf meinen Grund und Boden zu setzen, werfe ich Sie die Felsen hinunter in den Rhein!"

Er kniff die Augen zusammen und sah mich mit einem bösen Blick an, der mich grausen ließ. Würde er womöglich noch gewalttätig werden?

„Bernardi, Sie lächerlicher zugereister Gernegroß. Sie haben das hier alles nur geerbt und jetzt verzockt. Noch so eine Frechheit und ich ziehe umgehend mein Angebot, Ihnen diesen maroden Laden abzukaufen zurück und Sie insolventer Hilfsgastronom können sich direkt selbst von der Loreley stürzen – habe ich mich deutlich genug ausgedrückt?!"

Ich riss voller Wut eine Suppenkelle vom Bord. „Raus oder ich schlage Ihnen den Schädel ein. Ich werde Ihnen zeigen, wozu ein zugereister Hilfsgastronom fähig ist!"

„Pah – was ist das hier für eine alberne Vorstellung?" Er lachte höhnisch. „Wollen Sie mir vielleicht drohen? Sie armseliger kleiner Bankrotteur?"

Ich ging wütend auf ihn zu und holte aus. Ich weiß nicht, ob ich wirklich zugeschlagen hätte, doch Spader machte nun doch ein paar Schritte nach hinten.

Er machte einen Schritt zu viel. Spader stolperte über einen Küchenhocker der hinter ihm stand und rutschte auf den Fliesen aus. Er schlug mit dem Kopf erst auf eine der stählernen polierten Arbeitsflächen und krachte dann auf den Fußboden.

Ich warf die Kelle fort und eilte an seine Seite. Versuchte, ihn zu stützen, doch sein Kopf fiel leblos herab. Tot. Andreas Spader, mein genialer Winzer, mein Wein-Alchemist, mein Erpresser und Verschwender, war einfach tot. Er hatte sich offenbar den Hals gebrochen.

Zitternd stand ich auf. Was sollte ich tun? Ich überlegte. Heute war niemand vom Personal im Haus. Ich zog ihn mühsam auf einen Tisch und nahm zitternd das Telefon in die Hand. Dann durchfuhr es mich wie ein Blitz. Wenn ich jetzt die Polizei rief, war alles verloren. Aber was sollte ich tun? Ich schleppte Spader in den Kühlraum und legte ihn dort unter eine Plane. Dann setzte ich mich allein ins Restaurant, entkorkte eine Flasche Bernardi-Wagner und überlegte, während ich sie langsam leer trank. Dann hatte ich einen Entschluss gefasst. Einen furchtbaren Entschluss.
Zwei Wochen später fand auf meinem Kastell ein Rittermahl für die leitenden Angestellten einer Versicherung statt. Diese Veranstaltungen waren es, die noch Geld in die Kasse brachten. Mehr als zweihundert Gäste waren an diesem lauen Sommerabend erschienen, fast alle in historischen Gewändern oder zumindest in Verkleidungen, die denen des Mittelalters ähneln sollten. Junge Männer in Pumphosen oder Rüstungen, Frauen in offenherzigen Miedern und Spitzhüten. Die Stimmung war ausgelassen, Wein und Bier flossen in Strömen. Über offenen Feuern wurden Kartoffeln geröstet, Kaninchen gebraten und in großen Töpfen Gemüse gedünstet. Deftig ging es zu. An einem Spieß drehte sich ein ganzes Schwein, eingerieben mit grobem Salz, und verbreitete einen köstlichen Geruch. Ich schnitt es persönlich auf. Gerade, als ich einem der Gäste ein großes Stück saftiges Fleisch vorlegte, sprach mich dieser an. Es war ein älterer Mann, der einen schlecht geschnittenen dunklen Anzug trug.
„Herr Bernardi? Sind Sie Bruno Bernardi?"
„Ja, natürlich. Das bin ich. Haben Sie Spaß? Schmeckt es Ihnen?"
Ich lachte ihn fröhlich an. Offensichtlich ein kleiner Angestellter aus der Registratur der Versicherung. Vermutlich hatte man ihn aus Mitleid eingeladen. Doch ich irrte mich. Er war kein Angestellter der Versicherung.

„Herr Bernardi, ich bin nicht zum Essen hier. Mein Name ist Zander, ich bin Kriminalbeamter aus Bingen."
Ich schluckte, bewahrte aber mein Lächeln. „Ach – wie interessant. Ein Polizist. Kann ich Ihnen helfen?"
Zander nickte und nahm den Teller mit dem Fleisch und den gerösteten Kartoffeln. „In der Tat, das sollten Sie. Können wir hier uns irgendwo in Ruhe unterhalten?"
„Gern", sagte ich etwas beklommen.
Wir setzten uns abseits an einen Tisch. Einer meiner Kellner brachte uns zwei Krüge Bier. Schnell rückte Zander mit seinem Anliegen heraus. Ich hatte es befürchtet: Es ging natürlich um Andreas Spader. Seine Familie hatte ihn als vermisst gemeldet. Und der Kriminalbeamte wusste, dass ich Zander Geld schuldete. Natürlich war er auch im Bilde über meine Verbindlichkeiten bei der Bank. Alles in allem, die Lage war ernst, jedenfalls auf den ersten Blick. Doch ich blieb gelassen und lud Zander ein, tüchtig zuzulangen. Er ließ sich sein Essen schmecken und aß eine Weile schweigend mit Genuss. Dann nahm er einen Schluck Bier und sah mich an.
„Es gibt Hinweise, dass Spader hier zuletzt bei Ihnen war bevor er spurlos verschwand."
„Aha. Wer sagt das?"
„Seine Freundin. Sie behauptet, er sei vor zwei Wochen hierher gefahren, wie Sie ihn zur Rede stellen wollten."
Mein Herz schlug schneller. „Zur Rede stellen? Weswegen hätte ich das denn tun sollen?"
„Das hat sie nicht gesagt."
„Kein Wort?"
„Kein Wort. Sie sagte aber, Spader habe sich bedroht gefühlt und gesagt, es könne sein, dass Sie eine große Dummheit machen."
„Eine Dummheit?"
Zander schälte das Fleisch von einer Rippe. „Herr Bernardi, wir werden alles durchsuchen müssen. Wenn Spader hier ist,

werden wir ihn finden." Er schmatzte wischte sich die fettigen Finger an einer Serviette ab.

Ich lehnte mich zurück und lächelte ihn an. „Schmeckt es Ihnen hier bei uns, Herr Zander?"

„Ja. Danke. Sehr gut."

„Wunderbar. Das freut mich sehr. Langen Sie ordentlich zu. Ich selbst esse leider kein Schweinefleisch."

Zander runzelte die Stirn. „Sind Sie Jude oder so was?"

„Nein, aus anderen Gründen."

„Und aus welchen?"

„Nun...", ich lehnte mich vor und sah ihm in die Augen, „der genetische Bauplan des Schweines ist dem des Menschen sehr ähnlich. Vielleicht zu ähnlich. Das gefällt mir nicht."

„Aha". Zander hörte auf zu kauen.

Ich lächelte wieder: „In der Wissenschaft beispielsweise macht man viele Experimente mit Schweinen, weil Sie uns so ähnlich sind. Vielleicht wissen Sie, dass der Darm des Schweines dem unseren fast bis aufs Haar gleicht. Beide sind wir Allesfresser, das Schwein und der Mensch. Auch die Augen. Blaue Augen unter blonden Wimpern. Wussten Sie, dass Schweine blaue Augen haben, Herr Zander?"

„Nein." Zander schluckte und schob den Teller weg. „Nein, das wusste ich nicht."

„In der Tat, genau ist es. Auch der Geschmack des Fleisches soll dem des Menschen sehr ähnlich sein. Ich kann das natürlich überhaupt nicht beurteilen - ich meide ja wie gesagt dieses Fleisch. Aber man merkt angeblich keinen Unterschied beim Verzehr. Leicht salzig und etwas faserig. Faszinierend, nicht wahr?"

Zander würgte. „Das meinen Sie nicht ernst."

„Was meine ich nicht ernst?"

Ich lächelte und dachte an den Abend zurück, als Spader tot in meiner Küche lag und ich meinen folgenschweren furchtbaren Entschluss gefasst hatte.

„Herr Zander, Sie meinen, man könne Mensch und Tier nicht vergleichen? Gleicht nicht der Mensch in seinem Wesen nur zu oft dem Schwein? In seiner Gier, in seinem Schmutz?"
Ich zeigte auf das Schwein, dessen Reste sich über dem Feuer drehten. „Sehen Sie hinüber. Was ist das über dem Feuer? Welche Kreatur ist auf den Tellern? Ein Geschöpf Gottes, ein Wesen wie wir. Da werden Sie mir doch selbst als nüchterner Beamter zustimmen. Ein Wesen wie Sie oder ich."
Ich hörte auf zu lächeln und sagte mit schneidender Stimme: „Oder vielleicht doch eher ein zweifelhaftes Geschöpf wie Andreas Spader? Was ist da auf Ihrem Teller? Was ist das für Fleisch, das Sie da essen Herr Zander?"
„Das ist nicht..." Der Kriminalbeamte erhob sich mit grünlichem Gesicht.
„Oh, geht es Ihnen nicht gut? Schmeckt es Ihnen denn nicht? Wie schade! Ich hätte Ihnen gern noch etwas nachgelegt. Es schmeckte Ihnen doch gerade noch so gut?"
Zander grapschte sich die Serviette und hielt sie vor den Mund. Es schien ihm überhaupt nicht gut zu gehen.
„Herr Bernardi, Sie sind festgenommen", sagte er mühsam beherrscht, „Festgenommen wegen des Verdachtes, Andreas Spader vorsätzlich getötet zu haben." Es gelang ihm noch, in die Dunkelheit zu winken, aus der zwei uniformierte Polizisten traten, dann übergab er sich.

Alles wurde durchsucht. Ich musste alle Pläne des Kastells und der Kellerei herausgeben. Doch nichts wurde gefunden. Lediglich in der Küche auf den Fliesen entdeckte die Polizei einige Haare und Hautschuppen von Spader. Das aber bewies nichts. Zander war außer sich und ließ sämtliches Fleisch vom Grill und aus dem Kühlhaus beschlagnahmen. Ich kam in Untersuchungshaft. Zander wähnte sich als Sieger. Er ließ vor laufenden Fernsehkameras Metzger und Mediziner für Gutachten ins Polizeipräsidium kommen. Doch das Ergebnis der Experten war für ihn niederschmetternd. Als er es mir und meinem Anwalt widerwillig mitteilte, warf er mir einen finsteren Blick zu, denn mit seiner abscheulichen Vermutung, ich hätte Andreas Spader geschlachtet und heimlich an meine Gäste verfüttert, hatte er sich für immer lächerlich gemacht und seine Karriere als Kriminalist selbst hier in der Provinz ruiniert. Ich hingegen war entsetzt, was dieser einfältige Mann von der Polizei für eine bizarre Phantasie hatte.

Ich verkaufte den von Spader abgefüllten Wein und es gelang mir in zähen Gesprächen, die Banken noch einmal um Aufschub zu bitten. Ein Jahr später öffnete ich vorsichtig die von mir selbst vermauerte Tür zum alten Fassgewölbe und ließ mich mit dieser Sensation feiern. Der verbliebene Wein wurde abgefüllt und erzielte unglaubliche Preise. Ich löste alle Kredite aus und war gerettet. Der von Spader mühsam wieder in Schuss gebrachte Weinberg lieferte in den Folgejahren hervorragende Lesen. Er hatte Recht behalten, er war der beste Weinbauer am Rhein gewesen, ja vielleicht sogar einer der besten Europas. Seine fachmännische und umsichtige Arbeit war jeden Cent wert gewesen. Jedes Jahr an seinem Todestag ging ich um Mitternacht mit einer Flasche Bernardi-Wagner hinab in das alte Gewölbe und gedachte seiner wehmütig. Manchmal sah ich seine blauen Augen mit dem spitzbübischen Lächeln vor mir, ja manchmal konnte ich ihn fast greifen – wenn uns nicht eine dicke Reihe Ziegelsteine und Mörtel getrennt hätten, die ich vor einer der uralten Nischen errichtet hatte, hinter der ich ihn mit samt dem alten Plan begraben hatte.

Alte Kameraden

Es war spät am Abend, als es an der Tür von Professor Habertheuer läutete. Draußen tobte der erste heftige Herbststurm und ließ die alten Platanen ächzen. Hin und wieder ließ sich ein käsiger Mond blicken, der alles in ein gespenstisches fahles Licht tauchte. Dunkle Wolken sah man dann am Himmel dahin jagen wie wilde schwarze Pferde. Das Haus von Habertheuer lag ein gutes Stück von der Hauptstraße entfernt. Eine mit Kies bestreute Auffahrt führte in einem Bogen zu einem Rondell mit vertrockneten Rosenstöcken und ungepflegtem Buchsbaum. Dahinter lag ein altmodisches Portal. Dichte Büsche und eine Reihe uralter Bäume machten das Grundstück von der Straße uneinsehbar.
Professor Gustav Habertheuer erhob sich aus seinem Sessel vor dem Kamin und legte die Zigarre in den Aschenbecher. Er atmete einen Moment tief durch, seine Gesichtsmuskeln spannten sich an und er ballte kurz die Fäuste. Dann ging er zur Tür. Im Flur sah er auf die Uhr. Sein Besuch war pünktlich. Habertheuer öffnete die Haustür. Der Wind riss daran und der Besucher machte erschrocken einen Schritt zurück.
„Habertheuer, alter Knabe, willst du mich gleich mit deiner eigenen Haustür erschlagen? Dann könnte ich direkt hier bleiben und du würdest mich bestimmt noch heute Nacht sezieren!"
Der Besucher lachte und schlug dem Professor auf die Schulter. „Na, wie geht es dir? Wir haben uns eine Ewigkeit nicht gesehen!" Oberstaatsanwalt Manfred Hansen trat mit großen Schritten und jovialem Lachen in den langen Flur. Der Professor schloss die Tür hinter ihm.

„Na, Habertheuer? Altes Haus! Lass dich mal ansehen." Er musterte den Professor. „Ha, ziemlich grau geworden, was? Aber vielleicht auch nur etwas dunkel hier." Er schälte sich aus seinen Sachen. „Wo soll denn mein Mantel hin?"
„Ich hänge ihn auf. Das Mädchen hat seinen freien Tag."
„Oha, Ihr habt so richtig klassisch ein Hausmädchen? Das gibt's doch eigentlich nur noch in alten Filmen."
„Ich habe so ein Mädchen. Ich brauche jemanden. Ich lebe hier schließlich allein."
„Was? Immer noch allein? Deine Frau ist doch seit Jahren tot! Da hättest du doch mal was Neues an Land ziehen können. Wie lange ist das jetzt her mit ihr?"
Der Professor nahm den Mantel des Oberstaatsanwaltes und schob einen Garderobenschrank auf. „Sofia starb vor 19 Jahren."
„Mein Gott, wie die Zeit vergeht! Das ist schon wieder 19 Jahre her! Unglaublich! Ja, ja, Sofia. Sie war eine schöne Frau. Lange Beine, dunkles Haar – ein Rasseweib. Was für ein Jammer.."
Der andere ging voran durch den dunklen Flur zum Licht. „Komm mit, wir gehen in mein Arbeitszimmer, ich habe den Kamin angemacht." Sie kamen vom Flur in eine Halle die von einigen Stehlampen erhellt wurde. An der Wand hingen ein paar Grafiken von berühmten Künstlern.
Manfred Hansen sah sich um. „Sehr nett hier. Und geschmackvoll. Was für ein großes Haus! Und du wohnst hier wirklich ganz allein?"
„Ja, nur das Mädchen hat oben ihr eigenes Zimmer. Und natürlich auch ein eigenes Bad."
„Ach ja, das Mädchen!" Hansen stupste den Professor lächelnd an. „Natürlich. Das Mädchen hätte ich fast vergessen. Nur sie und du in diesem riesigen Haus. Ist sie gut zu dir?"
„Ich könnte mir niemanden vorstellen, der so unauffällig ein Haus in Ordnung halten kann."

„Na, du weißt doch, was ich meine! Ich will nicht wissen, ob sie gut Fenster putzt."
Der Professor zog eine der buschigen Augenbrauen hoch. „Sie kümmert sich hier um alles. Ich weiß nicht, was du meinst."
Hansen lachte auf. „Immer noch der Alte! Mein Gott, Habertheuer! Korrekt und anständig bis ins Grab! So kenne ich dich. Du hast dich ja in all den Jahren nicht verändert! Großartig!"
„Manche Dinge ändern sich eben nicht, Hansen. Man kann nicht aus seiner Haut."
„Ja, wem sagst du das. Immer das alte Hamsterrad. Aber fast am Ziel! Nur noch ein Jahr, dann habe ich es geschafft. Dann werde ich angeln gehen und mir endlich das Auto kaufen, das leider all die Jahre nicht zu einem Oberstaatsanwalt gepasst hat! Mal sehen, wie es dann noch mit den Weibern klappt!"
Hansen trat einen Schritt zurück und legte den Kopf schief. „Du bist grau, mein Lieber. Warum dieser Bart? Und dieser unmodische Anzug! Und abgespannt siehst du aus!"
„Ich arbeite viel."
„Aber du bist doch längst emeritiert! Was arbeitest du denn immer noch?"
„Ich fahre jeden Tag in die Klinik."
„Verkauf doch endlich den Laden! Diese ganzen langweiligen alten Schachteln. Diese ausgemergelten Kühe mit ihrer vom Solarium gegerbten Haut. Einmal straffen, aufspritzen und Wimpern bitte, Herr Professor!" Der Oberstaatsanwalt sprach mit verstellter hoher Stimme und lachte dann schallend. „Das ist doch grauenvoll."
„Es ist meine Arbeit. Die Menschen brauchen mich."
„Gibt es irgendeine Frau über 50 aus der High Society, deren Körper nicht schon einmal auf deinem OP-Tisch war? Komm, jedes zweite Dekolleté bei einer Opernpremiere wurde doch von dir liebevoll geformt! Jedes ältere Augenlid beim Pferderennen hinter einem Fernglas ist von dir!"

„Es gibt Bedürfnisse der Menschen, für die ich da bin. Und die für diese Bedürfnisse gut zahlen. Dieses Geld brauche ich für mein Leben – und für meine Arbeit an den beiden Hospitälern in Afrika. Wir behandeln Leprakranke und Opfer von Landminen."
Der Oberstaatsanwalt war erstaunt. „Was? Du hast eine Leprastation in Afrika? Und du kümmerst dich um die kleinen Negerkinder die auf Minen latschen? Toll! Gustav Habertheuer ist der neue Albert Schweitzer. Super Idee, sich zu engagieren. Seit wann machst du denn das?"
„Seit über zehn Jahren. Ich beschloss nach Sofias Tod etwas zu verändern."
„Nicht schlecht. Etwas Wohltätigkeit steht jedem gut, der an der Gesellschaft verdient."
„Wohltätigkeit ist vielleicht das falsche Wort. Die Arbeit dort macht mir einfach Spaß."
„Warum habe ich nie etwas davon gehört? Das ist doch eine super Story für die Presse und das Fernsehen!"
„Auf gar keinen Fall gehört das in die Medien. Es weiß niemand von dieser Station. Und das soll auch so bleiben. Meine einzige Tochter arbeitet dort."
„Ah - du hast eine Tochter?"
Der Professor ging durch die Halle in einen anderen Raum.
„Wir wollen in mein Arbeitszimmer gehen."
Hansen folgte ihm. Sie gingen in das Arbeitszimmer in dessen Kamin ein munteres Feuer prasselte. Zwei schwere Ledersessel standen vor dem Feuer, im Hintergrund sah Hansen eine Anrichte und einen Schreibtisch.
„Setz dich doch, Hansen."
Habertheuer nahm seine Zigarre aus dem Aschenbecher. „Willst du auch eine?" Er zeigte auf ein fein gearbeitetes Kästchen auf dem Tisch.
„Mein lieber Habertheuer, ich glaube, du bist der letzte Arzt, der immer noch dieses Phallus-Symbol a la Siegmund Freud

braucht." Er schüttelte sich. „Bah, alte Männer mit grauen Bärten und Zigarren. Wie sieht denn das aus!" Er strich sich über sein kurz frisiertes Haar, das seinem Gesicht ein römisches Profil gab. Hansen sah mindestens zehn Jahre jünger aus als Habertheuer.
„Keine Ahnung wie das aussieht. Ich rauche seit 30 Jahren diese Havannas. Mein einziges echtes Laster."
„Du bist ein alter Mann, der nur arbeitet! Das muss doch nicht sein. Du musst mehr raus – oder mal mit deinem Mädchen sprechen. Vielleicht hat die eine Idee, was man mit deinen langweiligen Zigarren machen kann!" Hansen amüsierte sich köstlich über seinen eigenen Witz. „Weißt du, so was wie dieser komische amerikanische Präsident mit seiner Praktikantin."
„Möchtest du etwas trinken?" unterbrach ihn der Professor.
„Äh – ja, gern."
„Gut." Habertheuer stand auf und ging in die Ecke an sein Bar-Fach. Eine Reihe von Flaschen stand dort. Er hantierte eine Weile herum und wandte seinem Gast den Rücken zu während er weiter sprach. „Wie lange haben wir uns nicht gesehen, Hansen?"
„Nun", der andere dachte angestrengt nach, „es mögen wohl gute zehn Jahre gewesen sein. Ja, zehn Jahre ist es mindestens her. Vielleicht auch länger."
Der Professor goss ein, man hörte Gläser klirren. Dann kam er zurück. In jeder Hand hielt er ein altes, kostbares Kristallglas, gefüllt mit ein paar Eiswürfeln und einer bernsteinfarbenen Flüssigkeit.
„Ein sehr, sehr alter Malt-Whisky. Probiere ihn. Eigentlich soll man ihn pur trinken, doch ich schätze ihn auf Eis. Gib ihm Zeit. Man muss den Dingen Zeit geben, sich zu entwickeln. Es gibt Momente, auf die muss man jahrelang warten."
„Sozusagen auf Eis legen, was?" Der Oberstaatsanwalt nahm das Glas. „Prost, Habertheuer. Auf die alten Zeiten."

Der Professor nickte langsam und nachdenklich. „Ja, Hansen, auf die alten Zeiten. Wir wollen sie nicht vergessen. Niemals." Dann nahm er einen kleinen Schluck. „Du hast Recht. Es ist über zehn Jahre her. Wir haben uns zuletzt auf meinem 50 Geburtstag gesehen."
„Das mag wohl ein. Ich weiß nur noch, dass viel getrunken wurde. Mein Gott Habertheuer, ich war wohl noch nie so besoffen wie an diesem Abend!"
„Doch, doch, Hansen, das warst du früher auch schon. An jedem Kneipabend damals auf dem Verbindungshaus warst du auch so betrunken. Keiner trank so viel wie du."
„Du hast ein impertinent gutes Gedächtnis, mein lieber Habertheuer. Ja, das waren Zeiten! Himmelherrgott, haben wir damals gesoffen! Darin machte uns keiner was vor."
Langsam ließ sich der Gastgeber den alten Whisky nachdenklich im Munde zergehen. „Du hast uns alle unter den Tisch getrunken, Hansen. Alle."
„Da stimmt! Keiner schaffte mich. 20 Halbe in einer Stunde. Da habt ihr anderen euch längst in die Hosen gepinkelt oder gekotzt. Nur ich konnte das." Er lachte fröhlich. „Junge, Junge, was für ein Wahnsinn. Was hat man seinem Körper alles so in der Jugend angetan."
„Einem Körper kann man wirklich viel antun. Vor allen Dingen dann, wenn man den Menschen nur als Körper sieht."
„Du musst es wissen, du bist ja der Arzt! Ich bin nur der kleine Jurist, ein Staatsbediensteter, der hofft, die Pension noch rechtzeitig zu erreichen bevor ihn der Schlag trifft. Ich hätte ein berühmter Anwalt werden können, aber ich war leider zu faul. Das kam von der Sauferei, ich war einfach zu gern unter Menschen."
„Immerhin, du warst bei deiner Ernennung der jüngste Staatsanwalt in diesem Land."
„Ja, der jüngste. Und jetzt auch so ziemlich der älteste. Trotz unserer Verbindung und ihrer vielen alten Herren. Die sind

heute Vorstände, Generäle, Minister oder reiche Professoren so wie du. Ich bin irgendwie nicht weiter gekommen. Das nagt manchmal schon etwas, kann ich dir sagen."
„Jeder ist für seinen Weg selbst verantwortlich. Ich finde, du hast keinen Grund zur Klage. Es ist eben nicht immer wie bei deinen Wetttrinkereien damals. Man muss auch verlieren können. Die Niederlage rechtzeitig erkennen. Wer nicht sehen will, geht in den Untergang."
„Große Worte, mein Lieber. Das konntest du schon immer gut. Die schönsten Reden auf unseren Stiftungsfesten kamen immer von dir." Der Oberstaatsanwalt stellte das Glas ab. „Geht richtig ins Blut, das Zeug. Ich möchte noch einen."
Der Professor stand auf und ging wieder an das Bar-Fach. „Du hast dich nicht verändert. Du kannst nicht verlieren."
„Das stimmt. Ich hab nie gern verloren. Ich kann mich aber auch ehrlich gesagt nicht daran erinnern, wann ich das letzte Mal verloren habe. Ich nehme mir, was mir zusteht."
„Auf dem Paukboden warst du immer vorn dabei. Du konntest ohne Mensuren nicht leben. Der Krug und der Säbel, das waren die Begleiter deiner Studentenzeit."
„Das stimmt. Das war mein Credo. Ich war nun mal kein Bücherwurm." Der Oberstaatsanwalt erinnerte sich an die vielen Stunden beim Einpauken der Fechtübungen in der Studentenverbindung, die er jedem Repetitorium und jedem Buch vorgezogen hatte.
„Die meisten Bücher sind nur zum Verbrennen da, hast du gern unsere alten Herren zitiert. Kein schöner Spruch."
„Naja, die sind ja auch in anderer Zeit groß geworden! Da muss man etwas großzügig sein. Die alten Burschen standen nicht immer so ganz auf dem Boden des Grundgesetzes. Aber viel Schönes haben sie uns doch auch gegeben." Er summte eine Melodie. „Na, Habertheuer, kennst du das noch?"
Habertheuer nickte bedächtig. „Aber natürlich. Das Landesvaterlied zur Burschenfeier. *Nimm den Becher,*

wack'rer Zecher, vaterländ'schen Trankes voll! Nimm den Schläger in die Linke, bohr in durch den Hut und trinke."
Der andere fuhr fort: „*Ich durchbohr' den Hut und schwöre: halten will ich stets auf Ehre, stets ein braver Bursche sein!*"
Hansen klatschte in die Hände. „Na Bravo! Du hast nichts verlernt."
„Ich war immerhin einst dein Leibbursche, Hansen."
„Ja, das warst du. Kein Spaß, was? Ich habe dich richtig hart rangenommen!"
„Ich habe viel gelernt. Außerdem ist es lange her. Aber alles habe ich nicht vergessen."
Sein Gast stand auf und sah sich interessiert um. An der Wand hingen geschmackvolle alte Stiche. „Du hast es gemütlich hier. Vielleicht bisschen altbacken aber gemütlich. Die Stiche sind vermutlich echt?"
„Es sind die Originale von Honnoré Daumier. Wunderschöne Arbeiten. Es ist ein Masken- und Gesichter-Zyklus. Sieh genau hin. Achte auf die Feinheiten. So sehen Menschen aus."
„Interessant. Sehr aufschlussreich."
Die Stiche zeigten verschiedene Menschen im Detail. Männer und Frauen. Nasen, Augen, Wangen und Kinn, ja selbst die einzelnen Haare der Brauen und Wimpern waren detailliert vom Künstler gearbeitet. Manche Figuren auf den Bildern lachten, andere zogen Grimassen oder sahen traurig in die Welt. Es war eine einmalige Mischung aus Karikaturen und Charakterstudien.
Hansen lächelte. „Vorbilder für deine OPs, was? Schaust du dir hier Nasen und Augenlider ab? Sind ja ein paar ganz schön hässliche alte Schachteln dabei."
„Ja, Vorbilder für die Studie des menschlichen Antlitzes. Achte auf die Emotionen, die zu sehen sind. Sieh genau hin. So sieht der Künstler den Menschen. Unverhüllt in seinem Ausdruck. Aus jedem Gesicht spricht etwas zu uns, Hansen. Liebe, Angst, Hoffnung – oder Laster."

„Mein Gott, jetzt sei doch nicht so philosophisch abgehoben. Völlig antiquiertes Bildungsbürgertum. Aber das muss doch ein Vermögen gekostet haben, dieses ganze Zeugs!" Der Oberstaatsanwalt ging kopfschüttelnd zurück zu seinem Sessel.

„Hier ist dein Glas." Der Professor setzte sich ebenfalls wieder hin.

Hansen trank mit Behagen einen Schluck. „Kunst war offen gestanden auch nie so ganz mein Fach. Ich fand es immer spannender, mich richtig einzubringen. Vielleicht habe ich deshalb das studentische Fechten, das derbe Schlagen, immer so geliebt."

„Ja, vielleicht. Ich war nur euer Paukarzt. Vom Schlagen selbst habe ich nicht viel gehalten." Der Professor dachte an die studentischen Duelle, die damals ausgefochten wurden. Mit dem Säbel, dem Schläger. Damals ging es oft blutig zu und ein angehender Arzt hatte viel zu tun.

„Naja, du warst ja auch nicht besonders gut, wenn ich mich recht erinnere. Eine Handvoll Pflichtmensuren, das war`s dann bei dir. Das Skalpell lag dir wohl schon damals wesentlich besser in der Hand als der Säbel. Aber obwohl du dein Studium noch nicht beendest hattest, warst du schon ein vollwertiger Paukarzt, da lasse ich nichts auf dich kommen, alter Knabe!"

„Ich habe euch ein paar Mal wieder zusammengeflickt. Du erinnerst dich vielleicht."

„Na ja", der Oberstaatsanwalt fuhr sich über eine lange Narbe am Hals, „war schon ganz gut, dass du an diesem einen Nachmittag dabei warst. Das hätte ziemlich in die Hose gehen können..."

„Ein paar Millimeter tiefer und du wärest jämmerlich verblutet."

„Hmm", räusperte sich der andere etwas verlegen, „ja, das sagtest du damals. War wohl wirklich ziemlich dicht dran, was?"

„Ich war immer dagegen, dass ihr nur mit Bandage aber ohne Halskrause schlagt. Das entsprach auch nicht dem Comment. Eine schwere Pflichtverletzung."
„Ach, wir waren doch so jung! Wir wollten etwas wagen. Wie unsere Väter im Krieg. Abenteuer, Hansen, richtiges Abenteuer! Nennen das die ganzen jungen Leute und die Psycho-Heinis heute nicht Grenzerfahrung? Ich sehe die Burschen doch bei uns immer mal vor Gericht! Die zünden nachts Autos an und klettern an fahrenden U-Bahnen rum."
„Du hättest tot sein können."
„Aber du hast mich gerettet. Ohne dich wäre ich wohl ganz ehrenvoll auf dem Paukboden verblutet. Also, auf Dich, mein Lieber!" Hansen hob das Glas und grinste.
Der andere sah an ihm vorbei. „Es war eine brutale Zeit. Draußen tobte die Studentenrevolte und wir haben uns völlig blödsinnig die Gesichter zerhauen. Die einen diskutierten über Vietnam und wir sangen Lieder aus alten Zeiten. Wir waren irgendwie auf einem anderen Stern. Was haben wir eigentlich gemacht in jenen Jahren außer Fechten und Trinken? Irgendwas Sinnvolles?"
„Mein lieber Habertheuer, jetzt übertreibst du aber! Du hörst dich ja an wie einer von diesen weich gekochten Liberalen. Es war die beste Zeit meines Lebens, das sage ich dir!"
„Es war ein jämmerlicher Atavismus."
„Das ist nicht wahr. Jeder anständige Mann braucht eine Gemeinschaft wie die unsrige. Das hat uns hart fürs Leben gemacht!" Erregt trank er sein Glas aus. „Und die Weiber standen damals noch richtig auf Schmisse. Jedenfalls die, die nicht den ungewaschenen langhaarigen Pennern hinterher liefen. Je jünger sie waren, desto besser. Ich kann sie gar nicht mehr alle zählen. Diese ganzen Mädchen aus gutem Hause der alten Herren. Wenn die gewusst hätten, was wir mit ihren Töchtern trieben, was Habertheuer?"
„Das war deine Welt, nicht meine, Hansen."

„Ich habe sie immer rumgekriegt. Manchmal hat es etwa gedauert und man musste deutlich sein. Eine Festung will erobert werden. Aber gekriegt habe ich jede die ich wollte. Weil ich immer dran blieb. Wer dran bleibt, bekommt was er will im Leben. Das ist wie bei der Mensur. Nicht aufgeben. Immer Kämpfen. Immer sportlich bleiben aber knallhart in der Sache."
Der andere zog die Augenbrauen hoch. „Was war denn das für ein seltsamer Kampf? Was war denn daran sportlich? Wir haben uns ohne Not geschlagen und verwundet. Wir haben uns volllaufen lassen und stundenlang erbrochen. Und uns dabei auch noch eingeredet, wir wären etwas Besseres. Ich habe euch als Paukarzt so genäht, dass die Narben möglichst auffällig blieben. In die Durchzieher habe ich euch sterile Fäden gelegt, damit die Schmisse breit wurden und das Narbengewebe sichtbar war. Solche Dinge macht kein guter Arzt. Wir haben redundante und plumpe gewaltorientierte Verhaltensmuster einstudiert, Hansen. Nur das haben wir in diesen Jahren damals gemacht. Nichts anderes. Wir haben unsere Gesundheit und unsere Seelen ohne Not in Gefahr gebracht."
„Mein Gott, wie moralinsauer! Unsinn, Habertheuer! Das ist doch völliger Quatsch! Du bist ein renommierter alter Herr unserer Verbindung – was redest du hier denn für ein Zeug! Du hättest lieber Pastor werden sollen. Meine Güte! Was ist los mit dir? Wirst du alt? Gewaltorientierte Verhaltensmuster, sagst du? Pah! Und wenn schon! Das ganze Leben orientiert sich daran! Leben ist Gewalt. Wer nicht für mich ist, ist gegen mich! Je eher man das begreift, desto besser! Das gilt nicht nur vor Gericht, sondern auch dein ganzes Leben lang. Das wahre Recht auf dieser Welt ist immer nur das Recht des Stärkeren. So funktioniert die Welt. Das kann ich dir aber flüstern, mein Lieber. Sehe ich jeden Tag in den Akten und bei unseren Angeklagten. Die kennen schon lange kein Erbarmen mehr. Zutreten, egal, ob dein Gegner schon auf der Erde liegt oder

nicht. Das ist das Gesetz dieser Zeit. Das Recht des Stärkeren. Alles andere ist Gefühlsduselei."

„Vielleicht. Aber muss man dieses Recht denn immer ausnutzen?"

Der Oberstaatsanwalt schüttelte den Kopf. „Natürlich! Dafür hast du dieses Recht erkämpft! Was ist aus dir geworden? Wir waren mal die Elite dieses Landes! Und du gibst jetzt so klein bei." Er trank sein Glas leer. „Ach - lass uns über etwas anderes reden. Wir wollen doch Spaß haben und uns an die guten alten Zeiten erinnern! Gib mir lieber noch was zu trinken."

Habertheuer stand auf und ging zum dritten Mal an das Bar-Fach. „Du trinkst immer noch viel. Wir sitzen hier noch keine halbe Stunde und du hast bereits zwei große Whisky gehabt."

„Na, du wirst doch einen Bundesbruder nicht verdursten lassen wollen!"

„Keine Sorge. Ich bin nicht dein Arzt. Ich bin der Gastgeber. Du sollst das haben, was du brauchst." Der Professor brachte Hansen das Glas.

„Danke. Aber sag mir doch endlich, warum du dich nach all den Jahren gemeldet hast."

„Ich wollte wissen, wie du heute denkst. Ich war einst dein Leibbursche. Ich war dir verpflichtet."

„Und bist es heute noch. Zumindest theoretisch nach dem Prinzip des Lebensbundes." Hansen trank und schnalzte begeistert mit der Zunge. „Großartig, mein Lieber. Ein ganz großartiger Whisky."

„Du hast ihn mir geschenkt."

Der andere sah überrascht auf. „Ich?"

„Ja." Habertheuer strich sanft die Asche seiner Zigarre ab. „Du hast ihn mir damals zum 50. Geburtstag geschenkt."

„Ach – das weißt du noch?"

„Ich erinnere mich an den Tag. Ich werde ihn nie vergessen."

„Tja...", Hansen rutsche in seinem Sessel hin und her, „Es ist lange her, dieser Geburtstag. Ich kann mich komischerweise gar nicht so richtig daran erinnern." Er trank sein Glas hastig leer.

„Man vergisst viele Dinge. Die Durchblutung des Gehirnes lässt im Alter nach. Ein ganz gewöhnlicher degenerativer Prozess."

„Das wird es wohl sein." Der Oberstaatsanwalt richtete sich etwas schwerfällig auf. „Habertheuer, mein Lieber, es war schön mit dir zu plaudern. Aber ich sollte lieber gehen. Morgen ist ab neun Uhr wieder Sitzung und ich muss mich noch vorbereiten. Zwei wirklich pikante Fälle, die Spaß machen. Den einen kriege ich auf jeden Fall mit Totschlag und seiner pädophilen Neigung. Wird wohl lebenslang geben wenn alles klappt."

„Wo steht denn dein Auto?"

„Auf deiner Auffahrt. Ich wollte nicht an der Straße parken. Womöglich hätte noch einer deiner Nachbarn gedacht, ich wolle mir von dir das Gesicht straffen lassen damit ich aussehe wie dieser geile italienische Ministerpräsident." Er lachte.

„Eine sehr schlechte Arbeit. Man hat den Mann nicht gut beraten. So darf man als Arzt nicht arbeiten. Diese trägen Lider seiner Krokodilsaugen sind das Zeichen mangelnden chirurgischen Könnens. Auch das Unterspritzen der Nasenlabialfalte mit Botox ist völlig missraten. Pfusch."

„Vielleicht hättest du ihn lieber operieren sollen, dann wäre er nicht so eine hässliche Mumie geworden." Hansen bekam langsam eine schwere Zunge.

„Man hatte mich gefragt, doch ich war anderweitig beschäftigt. Außerdem liegt mir dieser Mann nicht. Er ist unappetitlich. Aber wir wollen nicht über Politik reden."

Der Professor stand auf. „Aber bleib doch noch einen Moment." Er füllte das Glas des Oberstaatsanwaltes. „Hier, nimm doch noch ein Glas. So werden wir schließlich nicht wieder zusammenkommen, Hansen. So bestimmt nicht mehr, davon bin ich überzeugt."

„Na gut. Ich kann mir nachher ja auch ein Taxi rufen."
„Lass uns noch ein wenig über früher reden." Habertheuer legte die Zigarre in den Aschenbecher und sah seinen Gast an. „Lass uns über damals reden, als wir noch Studenten waren."
„Na ja, das haben wir doch schon. Was ist aus den anderen geworden? Ein paar alte Herren sehe ich hin und wieder aber manchen habe ich völlig aus den Augen verloren."
„Ja, man verliert vieles aus den Augen, Hansen. Man vergisst. Und verdrängt."
„Wegen der mangelnden Durchblutung, meinst du."
Hansen trank einen großen Schluck. „Du machst die Gläser aber gut voll, mein Lieber."
„Es fällt einem vieles leichter mit Alkohol." Neben dem Professor stand immer noch sein erstes Glas, in dem inzwischen die Eiswürfel geschmolzen waren. „Leider vertrage ich selbst kaum noch etwas." Er lächelte schmal. Alkohol ist die simpelste Wahrheitsdroge die wir kennen."
„Mag sein. Zumindest wahrscheinlich die einzig legale dieser Drogen. Worauf willst du hinaus?"
„Die alten Zeiten. Wir wollten doch etwas über die alten Zeiten sprechen. Über die Menschen von damals."
„An was denkst du dabei?"
„An Sofia."
Der Oberstaatsanwalt schluckte. „Du denkst an Sofia? Warum? Sagtest du nicht, sie sei seit 19 Jahren tot?"
„Sie ist seit 19 Jahren tot. Und doch ist sie immer hier. Spürst du es nicht? Sie ist hier. Sie hat dieses Haus nie verlassen. Sie ist hier in diesem Zimmer, Hansen. Mitten unter uns."
Hansen atmete tief durch und richtete sich auf. „Ich sollte jetzt aber wirklich gehen. Es ist viel zu spät. Du hast doch bestimmt auch morgen einen langen Tag vor dir."
Er stand auf und musste sich sofort wieder setzen. „Mein Gott, ich bin ja völlig betrunken von dem bisschen Whisky." Er hielt seinen Kopf. „Verdammt, ich vertrage gar nichts mehr.

„Es ist nicht allein der Whisky, Hansen."
Verblüfft sah ihn der andere an. „Nicht der Whisky? Was denn sonst?"
„Es ist ein Sedativum. Keine Angst, es wird dich nicht bewusstlos machen, jedenfalls nicht sofort. Es ist sehr solide dosiert."
„Was soll das, Habertheuer? Ist das etwa ein verspäteter Studentenulk von dir?"
Der Professor schüttelte den Kopf. „Nein, du weißt, dass ich für diese Art von Späßen nie etwas übrig hatte. Es ist kein Scherz. Es ist bitterer Ernst."
Der Oberstaatsanwalt versuchte, sich aus dem Sessel zu bewegen, doch er kam nur bis zur Sesselkante, dann sackte er wieder zurück. „Was willst du, Habertheuer, was soll das? Hast du irgendwas vor mit mir?", murmelte er irritiert.
„Du müsstest es eigentlich wissen. Obwohl es lange her ist."
„Was? Was muss ich wissen?"
„Was du mir angetan hast."
Der Oberstaatsanwalt schwieg. Er rutschte noch tiefer in den Sessel und sah unter immer schwerer werdenden Augenlidern den Professor an.
Der nahm eine frische Zigarre aus dem Kästchen, schnitt sorgfältig die Spitze ab und setzte sie umständlich in Brand.
„Ich erzähle dir jetzt eine Geschichte, Hansen. Eine alte Geschichte. Keine Angst, sie ist nicht sehr lang, schließlich sollst du sie noch bei vollem Bewusstsein hören."
Aus dem Sessel des anderen kam nur entsetztes Schweigen.
„Es waren einmal zwei Studenten. Sie waren beide in einer alten ehrwürdigen Verbindung. Sie waren durch das Lebensbundprinzip verbunden. Einer wollte für den anderen einstehen. Ein Leben lang. Diese Studenten redeten viel von Ehre und Anstand. Der eine wollte Anwalt werden, der andere Arzt. Sie hatten große Pläne. Dann lernten diese Studenten eine junge Frau kennen."

„Sofia. Du redest von Sofia. Aber das ist so lange her..." murmelte der Oberstaatsanwalt. „Ich hatte das alles längst vergessen..."
„Wir beide verliebten uns in sie. Wir haben uns sogar um sie geschlagen. Ich konnte nicht gut mit dem Säbel umgehen, das ist wahr. Ich verlor. Du hättest mich um ein Haar getötet. Aber dein Sieg nützte dir nichts. Sie entschied sich für mich." Der Professor strich die Asche der Zigarre vorsichtig ab. „Dann war das Studium zu Ende. Ich wurde ein junger Assistenzarzt, du ein junger Referendar. Sofia und ich verlobten uns. Dann war ich beim Militär. Zwei Jahre diente ich auf einem Zerstörer. Sofia und ich sahen uns nur in meinem Urlaub. Dann wurde sie plötzlich schwanger. Von dir."
„Nein...!" ächzte der Mann im Sessel.
„Doch. Ich weiß es."
„Du weißt es? Dann hast du es gewusst..." murmelte entsetzt der Oberstaatsanwalt, „woher weißt du das?"
Der Professor blies ein paar blaue Wolken in die Luft. „Du hast sie betrunken gemacht und dann bist du über sie hergefallen. Du hast sie vergewaltigt. Sie hat aus Scham geschwiegen. Viele Jahre. Sie hat es mir erst kurz vor ihrem Tod erzählt."
„Mein Gott", stöhnte der andere entsetzt, „das weißt du auch... ich konnte wirklich nichts dafür, ich hatte etwas zu viel getrunken. Es tut mir leid."
„Ich sagte gerade, sie war schwanger. Hör mir bitte aufmerksam zu. Versuche Dich noch ein paar Minuten zu konzentrieren."
„Es ist so lange her... Sie hat das Kind doch abgetrieben..."
„Nein. Das hat sie dir gesagt. Die Wahrheit ist: Du bist der wahre Vater meiner Tochter. Ich habe viele Jahre gebraucht, bis ich das akzeptiert habe. Sehr viele Jahre."
Kopfschütteln, ein sehr langsames und ungläubiges Kopfschütteln, kam aus dem Sessel. „Sie hat dieses Kind zur Welt gebracht? Mein Gott, das wusste ich nicht."

„Sie hat das Kind zur Welt gebracht. Dein Kind."
Der andere sah mit offenem Mund den Professor an. „Wie kannst du nur so ruhig bleiben... Du hättest dich damals mit mir schlagen müssen. Aber du hast es nicht getan. Du bist immer allen Konflikten aus dem Weg gegangen. Wo war bloß deine Ehre? Warum hast du sie nicht verteidigt, Habertheuer? Wir hätten alles wie Männer aus der Welt schaffen können. Diese Frau hätte uns doch nicht auseinander gebracht!"
„Die Geschichte ist noch nicht zu Ende", sagte ungerührt der Professor, der eine beängstigende Ruhe an den Tag legte und an der Zigarre zog.
Dem anderen traten Schweißperlen auf die Stirn. „Es ist so lange her, so lange! Lass mich jetzt gehen, Habertheuer, ich will alles vergessen, was du gesagt hast. Wir wollen nie wieder darüber sprechen. Es tut mir leid, was damals war. Aber ich kann es nicht mehr ändern. Bitte, lass mich gehen." Er versuchte sich zu erheben, doch kraftlos sanken seine Arme hinab.
„Selbst wenn du wolltest und ich dir helfen würde, könntest du dieses Haus nicht mehr aufrecht verlassen."
Hansen fühlte eine eisige Hand nach seinem Herz greifen.
Der Professor sah in das Feuer des Kamins. „Sofia starb in meinen Armen. Ich konnte sie nicht retten. Ich habe alles versucht. Ich habe sie selbst operiert, mehrfach. Die besten Kollegen konsultiert, neue Therapien versucht. Doch alles vergebens. Seit diesem Tag ist mein Leben für immer wertlos geworden." Die Stimme des Professors klang wie aus weiter Ferne.
„Lass mich doch gehen, ich bitte dich", röchelte der Oberstaatsanwalt kraftlos.
„An meinem 50. Geburtstag bist du plötzlich wieder hier aufgetaucht. Ich hatte dich jahrelang aus den Augen verloren. Du warst nicht eingeladen, aber du kamst trotzdem." Wieder zog der Professor an der Zigarre und stieß ein paar blaue

Wolken aus. Das Feuer im Kamin war jetzt heruntergebrannt und ließ ihn im Halbdunkel schemenhaft erscheinen.
„Viele Menschen waren hier. Hunderte. Ich war inzwischen ein berühmter Mann. Ein großer Chirurg, der angeblich zu den besten plastischen Chirurgen der Welt zählt. Viele schöne Frauen waren hier versammelt. Viele kannte ich sehr gut, denn sie waren meine Patientinnen. Ihre Männer zahlten monströse Honorare. Für die Schönheit war ihnen kein Preis zu hoch. Das Geld konnte ich gut gebrauchen – für meine Leprastation und für die Opfer der Landminen. Dort die entstellte Armut, hier der glamouröse Reichtum. Ich genoss dieses Leben in zwei Welten die unterschiedlicher nicht sein konnten."
„Ich habe noch nie so viele schöne Frauen gesehen wie auf diesem Geburtstag", ächzte der andere, „aber das ist doch nicht mehr wichtig. Hilf mir, lass mich gehen. Bring mich fort – um der alten Freundschaft willen. Du warst doch mein Leibbursche, Habertheuer..."
Mit ruhiger Stimme fuhr Habertheuer fort. „Du hättest an diesem Tag wahrscheinlich jede dieser Frauen haben können. Du sahst gut aus, Hansen. Eleganter Smoking, graue Schläfen, schlank. Aber du warst nur an dieser einen Frau interessiert. Ein halbes Kind war sie noch."
„Sie wollte es doch auch...", stammelte der Oberstaatsanwalt in seinem Sessel, „Sie war doch ganz scharf auf mich."
„Du hast sie betrunken gemacht. Mit deinem Charme und meinem Champagner. Und sie dann ins Gartenhaus gebracht. Obwohl sie sich gewehrt hat."
„Das heißt doch nichts... sie wehren sich doch zuerst immer... aber sie wollen doch alle das gleiche..."
„Du hast sie so vergewaltigt wie damals Sofia. Wie so manches Mädchen auf den Stiftungsfesten hast du sie dir einfach genommen. Aber das hier war viel furchtbarer. Es war eine Tragödie. Du hast sie vergewaltigt wie ihre eigene Mutter."

Aus dem Sessel kam ein grässliches Gurgeln. „Was? Wie?" Dann schüttelte der Oberstaatsanwalt den Kopf. „Nein, das denkst du dir aus. Sie war nicht Sofias Tochter, nein..."
Habertheuer zog mit entsetzlicher Ruhe an der Zigarre. „Du hast deine eigene Tochter vergewaltigt. Die Frucht deines eigenen Verbrechens."
„Mein Gott... das kann nicht sein...es ist nicht wahr..." Hansen kämpfte gegen einen ungeheuren Schwindel an.
„Doch, so war es. Du hast erst Sofie missbraucht, später dann deine eigene Tochter. Welches Strafmaß wäre da wohl angemessen, Herr Oberstaatsanwalt?"
Der andere wandte sich matt in seinem Sessel. Er sah nur noch schemenhaft den Professor und nahm dessen Stimme wie eine schreckliche dröhnende Glocke war. In seinem Kopf raste es. Bilder huschten schemenhaft vorbei. „Das ist eine... besonders schwere Tat... die Umstände... 15 Jahre, ja, ... das wäre wohl mein Antrag für dieses Verbrechen. Aber das ist doch alles nur eine uralte Geschichte…"
Er hörte seine eigene Stimme wie in Trance. „Ja, ich beantrage für dieses wirklich abscheuliche Verbrechen 15 Jahre mit anschließender Sicherheitsverwahrung." Um Gottes Willen - war das er, der da sprach? War das der Oberstaatsanwalt Manfred Hansen? „Ich rede wirres, Zeug, tut mir leid. Ich … ich will gehen…" Um ihn herum begannen sich die Konturen der Gegenstände aufzulösen.
„Gut, du siehst es ein. Du hast selbst dein Urteil gesprochen, Hansen." Der Professor legte die Zigarre in den Ascher. Hinter ihm war die Tür aufgegangen. Eine junge Frau trat ins Zimmer. Sie trug OP-Bekleidung. Von ihrem Gesicht war kaum etwas zu sehen, denn ein Mundschutz bedeckte es zum größten Teil.
„Sieh hin, Hansen. Sieh genau hin. Du hast nur noch kurze Zeit bei Bewusstsein. Nutze sie. Denn du wirst diese Frau nur einmal sehen. Es ist Anna, Sofias Tochter."

„Hören Sie, Anna", ächzte der Oberstaatsanwalt und nahm seine letzten Kräfte zusammen, „Sie müssen mir helfen. Ich bin hier gegen meinen Willen. Bitte, lassen Sie mich gehen... Bitte, ich bin Ihr Vater, junge Frau. Sie müssen mir helfen. Lassen Sie sich um Gottes Willen nicht zu einer strafbaren Handlung verführen..."
Die Frau zeigte keinerlei Reaktion. Der Professor war aufgestanden und kam zu Hansen hinüber. Er nahm dessen regungslosen Arm und fühlte seinen Puls. „Du hast immer noch eine gute Kondition. Es wird alles ohne Komplikationen funktionieren."
Der andere wollte ihm den Arm entziehen, doch er hatte keinerlei Kraft mehr.
„Anna hat heute Geburtstag. Deshalb habe ich dich eingeladen, Hansen. Natürlich wusstest du das nicht. Du bist voller Neugier hierhergekommen um zu sehen, wie ich lebe und was aus mir geworden ist. Irgendwann kehrt der Täter immer an den Tatort zurück, Hansen. Wusstest du das nicht? Du bist doch Jurist. Das hättest du wissen müssen, dann wärest du jetzt nicht hier."
„Was willst du?", fragte tonlos der Oberstaatsanwalt. „Was will sie hier? Was soll das alles? Wollt Ihr mich töten? Hast du mich vergiftet, Habertheuer? Ja, Gift, das muss es sein. Ist das dein Urteil?"
„Nein, du wirst leben. Denn du musst weiter leben. Aber wir werden dennoch ein Urteil vollstrecken. Das Urteil für ein Leben voller Gemeinheiten und Grausamkeiten. Anna hat ihre Facharztprüfung gestern mit der höchsten Auszeichnung bestanden. Sie ist jetzt plastische Chirurgin. So kann sie den von der Lepra entstellten Menschen in Afrika und den Opfern der Landminen etwas Linderung zu verschaffen und sie wieder in ein halbwegs menschenwürdiges Leben zurückholen. Anna hat mit mir dort unten sehr viele Menschen operiert. Sie ist eine großartige Chirurgin, vielleicht jetzt schon um einiges

besser als ich es in ihrem Alter war. Diese Menschen dort in Afrika verehren sie. Anna hat ihnen die Würde zurückgegeben."

Der andere saß völlig bewegungslos in seinem Sessel. Er bekam kaum noch Luft und nahm die Welt um sich herum nur noch wie durch dicke Watte war. Ein langer Speichefaden rann an seinem Kinn hinunter. Doch er merkte es nicht mehr.

Gustav Habertheuer sah ihn mitleidslos an. Sein Blick war ohne jeden Funken Empathie. „Höre jetzt zu. Dies ist mein Urteil, Manfred Hansen: Du wirst für den Rest des Lebens darüber nachdenken, wie es ist, wenn man anderen Menschen für immer die Würde nimmt. Du sollst jeden Tag daran erinnert werden, was es bedeutet, die Gefühle anderer nicht zu achten. Du wirst jeden Tag im Spiegel sehen, wie es ist, in einem Körper zu leben, den ein anderer rücksichtslos vergewaltigt hat."

Der Oberstaasanwalt wollte sich aufbäumen, doch ihm schwanden die Sinne.

Als am nächsten Morgen die Sitzungen des Landgerichts begannen, fehlte Manfred Hansen. Sein Stellvertreter sandte einen Boten zum Haus des Oberstaatsanwaltes, doch dort war niemand. Hansen lebte in Scheidung und so wusste auch seine Frau, die in einer anderen Stadt wohnte nicht, wo er war. Nachbarn hatten lediglich beobachtet, dass er am Abend mit dem Wagen davon gefahren war. Nach zwei Tagen wurde eine Großfahndung ausgelöst. Der Wagen von Hansen wurde kurz darauf an einer Steilküste gefunden. Er lag zerborsten zwischen den Felsen am Ufer. Offenbar hatte die Flut seine Leiche fortgespült, denn das Auto war leer. Nur der Mantel von Manfred Hansen wurde angetrieben.

Zur Trauerfeier kamen nur Kollegen. Verwandte hatte der Oberstaatsanwalt nicht. Seine Frau blieb fern. Dafür erschien einige alter Herren der Studentenverbindung, der er angehört hatte, unter ihnen Professor Gustav Habertheuer. Er legte schweigend einen Kranz nieder. Hansens Nachfolger arbeitete sich rasch ein. Das Grab des Verschollenen geriet bald in Vergessenheit. Schon nach einigen Monaten erinnerte sich niemand mehr im Gericht besonders gut an ihn. Kurze Zeit später verkaufte Professor Habertheuer seine Privatklinik und ging nach Afrika. Dort verschwand er kurze Zeit später in irgendeinem Krisengebiet unter ungeklärten Umständen.

Hier wäre die Geschichte eigentlich zu Ende gewesen, wenn nicht zwei Jahre nach diesen merkwürdigen Vorfällen eine sonderbare alte Frau auf einem Polizeirevier aufgetaucht wäre, die behauptete, der verschollene Oberstaatsanwalt zu sein. Sie schrieb den Namen Manfred Hansen auf einen Zettel, denn ihr fehlte die Zunge. Die Frau trug ein altmodisches Kostüm und hatte eine Reihe großer Narben im Gesicht und am ganzen Körper. Sie schrieb, sie sei narkotisiert und heimlich operiert worden. Danach sei sie über viele Monate im Keller einer alten Villa gefangen gehalten worden, ehe sie in ein privates Heim kam. Von dort sei sie geflohen.
Man übergab die Frau dem Psychiater. Sie starb Jahre später in einer geschlossenen Anstalt an genau dem Tag, als die Agenturen meldeten, die Ärztin und Wissenschaftlerin Anna-Sofia Habertheuer sei UN-Kinderbotschafterin für Afrika geworden.

Richtig satt

Fred Möhring war ein arroganter Zeitgenosse, daran hatte niemand seine Zweifel. Wenn er im Supermarkt an ein Regal wollte, rempelte er sich durch die Menschen ohne ein freundliches Wort, keine Feuerwehrzufahrt war vor seinem abgestellten Geländewagen sicher und keine Frau vor seinen ruppigen Bemerkungen. Er rauchte auf Bahnsteigen und schmiss die glimmenden Kippen aus dem Auto, er gab nie ein Trinkgeld und versuchte überall einen Rabatt heraus zu handeln. Aber Fred Möhring war ein guter Journalist. Er hatte frühzeitig erkannt, dass er mehr konnte, als andere Kollegen, die gedrechselte Kommentare oder geschliffene Essays fabrizierten, schöngeistige Rezensionen schrieben oder sich in Talkshows zum Weltgeschehen versuchten. Für Fred Möhring waren diese Leute allesamt eitle Schwätzer. Er hasste die Brigade von journalistischen Experten. Egal, ob Nahostkrise, Missbrauch von Kindern, Atomkraft oder Staatsfinanzen: Immer lümmelte irgendwo ein Journalist in einer Talksendung herum. Einige dieser Journalisten waren uralt und verkalkt. Sie verstrickten sich in komplizierten Schachtelsätzen, andere waren jung und redeten geschwollen wie Bankdirektoren oder Politiker. Nein, diese Welt war nicht die des Fred Möhring. Er war der, der im Verborgenen recherchierte. Er hatte Müllskandale aufgedeckt, Steuerhinterzieher entlarvt, Wirtschaftsbetrüger interviewt und abgeschobene Kinder von Pfarrern in Kinderheimen entdeckt. Jede große Zeitung, jedes Magazin druckte seine Reportagen, jeder TV-Sender gierte nach seinen Filmen. Und doch war Fred Möhring dabei fast nie selbst ins Rampenlicht getreten, sondern immer seinem viel zitierten Grundsatz treu geblieben, er sei nur der Überbringer der Nachrichten, nicht der Verursacher. Freilich gab es auch diejenigen unter seinen Kollegen, die behaupteten, er sorge schon dafür, dass diese Nachrichten den richtigen Dreh bekämen und er für eine gute Story seine Mutter verkaufen würde. Tatsächlich hatte er einst auf den Verkauf der Mutter angesprochen gesagt, er würde es sofort tun, wenn er denn die Gewissheit hätte, dass sie in gute Hände käme. Immer wieder versuchte sich jemand an einer Enthüllungsgeschichte über Fred Möhring selbst. Eine Zeitlang hieß es, er habe einst Informationen von der Stasi für seine Storys erhalten, dann wieder meinte man entdeckt zu haben, er fingiere seine Reportagen mit gekauften Protagonisten wie etwa Skinheads, Mädchenhändlern und Drogendealern. Er sei als Pfarrer verkleidet handgreiflich gegenüber Ministranten geworden und habe Mitarbeiter bei Finanzämtern und Polizeipräsidien für Falschaussagen geschmiert.

Doch das alles verpuffte stets. Immer wieder erschienen seine Werke auf den Bestsellerlisten, in denen er nichts anderes tat, als seine Reportagen noch einmal zu erzählen und zu berichten, wie er in die verschiedensten Rollen während der Recherchen geschlüpft war. Es gab in diesen Büchern Fotos von ihm als uralter kranker Mann, der in einem Pflegeheim auf dem WC erst geprügelt und dann stundenlag eingeschlossen worden war, Filmaufnahmen, auf denen er als Zuhälter Polizisten Schweigegeld zahlte und Bilder mit ihm und Versicherungsvorständen, auf denen alle gemeinsam mit nackten Mädchen in der Sauna posierten. Er hatte den Champagner der Vorstände getrunken, mit ihren Sekretärinnen geschlafen und ihre Angestellten ausgehorcht – und war mit diesen Storys reich und berüchtigt geworden.

An diesem Montag parkte Fred Möhring seinen monströsen Geländewagen wie immer auf anderthalb Parkplätzen vor der

Redaktion des *Morgen-Blitz*. Er marschierte - einen großen Umschlag unter dem Arm und eine Zigarette im Mundwinkel - wie immer am Pförtner und dem Schild „Rauchen verboten" vorbei zum Fahrstuhl, ignorierte wie immer die Aufforderung, sich auszuweisen und die Zigarette auszumachen und fuhr in den achten Stock zur Chefredaktion hinauf. Dort übersah er wie immer die Sekretärin, steckte die glimmende Kippe wie immer in eine Topfpflanze und riss die Tür zum Büro des Chefredakteurs auf – wie immer ohne anzuklopfen.
„Ich hab was für euch, wenn ihr wollt." Er wedelte mit dem Umschlag.
Chefredakteur Klaus Salzmann sah auf. Er war nicht überrascht – denn wie immer hatte ihn der Pförtner direkt nach Möhrings Durchmarsch angerufen.
„Du sollst doch den alten Kamjunke am Empfang nicht immer so erschrecken. Der Mann ist nicht mehr der Jüngste. Irgendwann trifft den der Schlag."
„Euer Problem. Zahlt gefälligst anständig, dann müssen nicht irgendwelche Opas hier den Wachschutz machen. Geld habt ihr ja genug."
Salzmann stutzte. „Und? Was bringst du? Eine Story über die Ausbeutung in der Sicherheitsbranche? Mit Kamjunke als Kronzeugen?"
„Ha, ha, gute Idee!" Möhring lachte kurz und rau. Er steckte sich eine neue Zigarette an.
„Dieses ist immer noch ein Nichtraucherbüro".
„Weiß ich. Interessiert mich aber ehrlich gesagt immer noch nicht."
Salzmann seufzte, ging ans Fenster und stellte es auf Kipp.
„Na, los, erzähl schon! Was gibt's? Ich habe nicht viel Zeit. In einer halben Stunde ist Redaktionskonferenz."
„Wusstest du, dass sehr viele Firmen in Kombination Pförtnerdienste, also Sicherheit, und Gebäudereinigung, anbieten?"

„Ja, wusste ich. Und warum?"
„Zwei Branchen, in denen extrem schlecht bezahlt wird. Und außerdem gut kombinierbar, da man dem Kunden kostengünstige Lösungen anbieten kann. Auf dem Rücken der armen Schlucker, die heute deinen Laden bewachen und morgen dein Klo putzen. Schönes Geschäftsmodell. Vor allen Dingen, wenn du es nur mit Rentnern, Kanaken und lauter Hartz-Vier-Losern betreibst. Wichtig dabei: Nimm den ausländischen Pennern die Pässe ab, dann bleiben die bei der Stange und halten die Schnauze über deine miese Bezahlung und sind immer artig."
Salzmann schüttelte den Kopf. „Hör mal, bitte keine Story über Mindestlohn und Ausbeutung. Das zieht nun wirklich keinen Hering mehr vom Teller. Das bringt jedes Magazin bei RTL oder im ZDF einmal in der Woche."
Möhring sog genießerisch ein letztes Mal tief an seiner Zigarette und grinste. Die Kippe warf er in Salzmanns halb leeren Kaffeebecher.
„Du bist doch eine Sau! Ich hätte sogar hier irgendwo einen Aschenbecher gehabt!"
„Du musst deine Titelseite ändern. Und die Konferenz sofort verschieben."
„Ich muss was?" Salzmann runzelte die Stirn. „Hättest du nicht etwas früher kommen können? Die Technik macht mich platt, wenn ich jetzt noch umbaue. Was gibt's denn? Reicht dein Besuch nicht für unsere Homepage?"
Möhring setzte sich in den Besuchersessel. „Homepage, Printausgabe, Twitter, deine Blogger – alles musst du in Bewegung setzen – und zwar sofort, mein Lieber! Krasse Promi-Entführung. Keiner weiß es, weil keiner redet. Ich habe echt geile Infos. Nur für Dich."
„Wer ist entführt worden?"
„Nee, so nicht. Du kennst mich gut genug. Leute ausfragen gibt's nicht für umsonst bei mir."

„Du macht doch nur in heißer Luft."
„Habe ich dir je heiße Luft angeboten?"
Salzmann lachte kurz. „Na schön, Punkt für Dich.".
„Also, du bekommst es exklusiv. Für 25.000."
„Puh." Salzmann überlegte. „Na, das ist viel Kohle. Wer ist es denn? Der Bundespräsident oder Thomas Gottschalk?"
„Nee, besser."
„Wer?"
„So fragt man Leute aus."
„Na gut – wie viel?"
„25.000. In die Hand versprochen. Dann gibt's das hier." Er wedelte mit dem braunen Umschlag.
„Gib mir zwei Minuten. Ich rufe den Alten an."
Möhring stand auf. „Sag deinem Verleger, davon kann er bestimmt ein paar Tage auf der ersten Seite zehren, garantiert kommt auch Online noch richtig was rüber! Ich hol mir inzwischen 'ne Cola aus dem Automaten. Hast du mal etwas Kohle für das Ding? Habe gerade nix dabei."
Seufzend griff Salzmann in seine Tasche, drückte Möhring Kleingeld in die Hand und wählte dann die Nummer des Verlegers.

Die nächste Ausgabe des *Morgen-Blitz* brachte auf der ersten Seite ein Bild von einem Mann in einem schmuddeligen Anzug, der ein Papp-Schild hielt, auf dem die Worte standen: GEFANGENER DER FOOD-ANGELS. Der Mann sah irgendwie abgerissen aus, er hatte leichte Bartstoppeln im Gesicht. Die Überschrift ging quer über die erste Seite des *Morgen-Blitz* und lautete in 72 Punkt: *Tugend-Terror immer schlimmer*!! ÖKO-Terroristen nehmen Geisel! und etwas kleiner der Hinweis *von unserem Reporter Fred Möhring*.
In wenigen Sätzen schilderte Möhring dort, was passiert war. Das Opfer war Dr. Gérard Sommer, gebürtiger Schweizer und Vorstandschef des Lebensmittelkonzerns *Nutri-International*,

ein Mann, der als Lebensmittelchemiker eine Blitzkarriere hingelegt hatte und heute Chef von über 45.000 Angestellten weltweit war. *Nutri-Inter*, wie der Konzern kurz genannt wurde, produzierte in allen Bereichen – Babynahrung, Fertiggerichte, Kaffee, Molkereiprodukte, Süßigkeiten. Wer einen Supermarkt betrat, sah überall Verpackungen mit der stilisierten lächelnden *Nutri-Inter*-Kuh samt goldenem Löffel im rechten Vorderhuf. Mit dieser Großmacht hatten sich die Food-Angels jetzt offenbar angelegt. Immer wieder hatten die Aktivisten von sich reden gemacht, sie waren eine ominöse Untergrund-Organisation, die Anschläge auf Felder mit Gen-Mais, Hersteller von Pestiziden und Tierzüchter verübt hatten. Dabei gab es oft erheblichen Sachschaden, manchmal auch blaue Flecke und ein paar Knochenbrüche, doch die Food-Angels waren beileibe nicht die einzige Aktivistengruppe orthodoxer Okö-Fanatiker. Das schien sich jetzt geändert zu haben. Fred Möhring berichtete, wie er unter den Scheibenwischern seines Geländewagens einen braunen Umschlag gefunden hatte, darin enthalten die Bilder des Gefangenen Dr. Gérard Sommer und ein Bekenner-Schreiben. Der Vorstandschef war nach einer Pressekonferenz verschwunden. Er war mit seinem Privatwagen unterwegs gewesen, da er ein paar Tage in seinem Schweizer Chalet Urlaub machen wollte. Seine beiden Body-Guards hatte er vor Fahrtantritt nach Hause geschickt. Irgendwo auf dem Weg von der Firmenzentrale zur Schweizer Grenze musste jemand Sommer abgefangen haben.

Bereits am Nachmittag nach dem Erscheinen des *Morgen-Blitz* klingelte das Handy von Möhring, der gerade zu Hause im Internet recherchierte. Eine schwer verständliche Stimme, so erzählte er wenig später im Büro von Chefredakteur Salzmann diesem, dem Einsatzleiter einer Sonderkommission der Polizei und den Anwälten von *Nutri-Inter*, habe Forderungen gestellt. Die Beamten versuchten sofort, den Anruf zurück zu verfolgen

– es war eine Telefonzelle am Hauptbahnhof. Einer der ältesten Tricks um Spuren zu verwischen, höhnte Möhring.
Möhring sah sich gelassen seine Notizen durch. Er steckte sich unter den missbilligenden Augen der Anwesenden eine Zigarette an und Salzmann schob einen Aschenbecher rüber.
„Die Stimme sagte..."
„Mann oder Frau?", unterbrach der Einsatzleiter.
„Keine Ahnung, war völlig verzerrt."
„Haben Sie einen Dialekt erkannt, gab es Sprachfehler? Wie war der Satzbau, irgendwelche komischen Betonungen?"
„Habe ich nicht so drauf geachtet."
„Mann, Sie sind doch Journalist! Das sind wertvolle Informationen!"
„Wollen Sie nun hören, was die Food-Angels wollen oder machen wir hier ein Quiz über Dialekte?"
Der Einsatzleiter ließ ein gefährliches Grunzen hören, beschloss aber, für den Moment nichts zu sagen.
„Es geht denen um Geld – aber nicht für die Food-Angels. 50 Millionen Euro. Für verschiedene Leute."
Die Anwälte sahen sich kurz an, dann sagte der ältere der beiden: „Für wen soll denn diese Summe sein?"
Möhring drückte die Zigarette aus und trank seinen Kaffeebecher leer. „Sag mal, Klaus", wandte er sich an den Chefredakteur, „kann nicht eine von deinen Miezen ein paar Brote machen oder eine Pizza bestellen? Ich habe tierischen Hunger."
„Sie sind was gefragt worden, Herr Möhring!", sagte mit scharfer Stimme der Einsatzleiter.
„Ich bin nicht taub. Und ich habe Hunger."
„Wollen Sie sich lächerlich machen? Ich warne Sie! Sie machen sich strafbar, wenn Sie hier Informationen zurückhalten!"
Fred Möhring sah den Beamten verächtlich an: „Ach ja? Blasen Sie sich hier doch nicht so auf. Statt Falschparker

aufzuschreiben, sollten Sie lieber auf Typen wie Sommer besser aufpassen, damit die nicht ins Visier irgendwelcher veganen Salafisten geraten. Jetzt rede ich – aber nicht mit leerem Magen, kapiert?"
Nach einer Reihe wechselseitiger Drohungen und Pöbeleien, denen die Anwälte von *Nutri-Inter* kopfschüttelnd gefolgt waren, kannten alle Anwesenden die Forderungen der Food-Angels: 50 Millionen Euro für fünf verschiedene Öko-Bauern-Kollektive in Südamerika. Sollte die Forderung nicht erfüllt werden, sollte Gérard Sommer getötet werden – und zwar mit Lebensmitteln aus dem Hause *Nutri-Inter*. Man werde die Geisel mit Fertiggerichten, Kartoffelchips und Fruchtnektar zwangsweise mästen bis Sommer qualvoll gestorben sei.
„Das ist nicht Ihr Ernst!", rief einer der Anwälte.
„So einen Mist habe ich noch nie gehört", brüllte der Einsatzleiter, „ich nehme Sie vorläufig fest!"
Möhring lachte sein kurzes raues Lachen. „Ach, und weswegen?"
„Irreführung der Justiz, Behinderung polizeilicher Ermittlungsarbeit, Verbreitung von Schwachsinn!"
Jetzt schaltete sich der Chefredakteur ein: „Hier, im Hause des *Morgen-Blitz*, wird niemand festgenommen. Möhring ist gekommen, um uns zu informieren. Warum unterstellen Sie ihm, er würde irgendwelche Ermittlungen behindern?"
„Der Mann verarscht uns doch nach Strich und Faden! Es bleibt dabei, Sie sind vorläufig festgenommen und haben mir jetzt unverzüglich zu folgen!" Der Einsatzleiter stand auf. Die Anwälte sahen sich völlig verstört an.
Jetzt wurde Salzmann laut: „Wollen Sie mit einer derart albernen Aktion etwa die Pressefreiheit beschneiden? Hier, im Hause des größten Verlegers der Boulevard-Presse in Deutschland?"
„Jetzt reichts", brüllte Möhring, „hier ist ein Mensch in der Gewalt von Öko-Terroristen! Bewegen Sie lieber Ihren

Hintern und ermitteln Sie etwas energischer gegen die Food-Angels!!"
„Wir haben die ganze Öko-Aktivistenbande inklusive dieser Food-Angels durchforstet – von denen bestreitet jeder seine Teilnahme an der Entführung und hat ein Alibi! Aber Sie, Sie verheimlichen doch was!" Der Kopf des Einsatzleiters hatte eine sehr ungesunde Farbe angenommen.
Möhring sah den Polizeibeamten verächtlich an: „Was haben Sie denn erwartet? Dass Ihnen die Täter frei Haus geliefert werden?"
Die Anwälte erhoben sich. Der ältere sagte: „Wir gehen davon aus, dass Herr Möhring weiterhin als Ansprechpartner für die Entführer zur Verfügung steht. Eine Festnahme Herrn Möhrings halten wir keineswegs für sinnvoll. Stattdessen hoffen wir, dass die Polizei die Ermittlungen deutlich forciert. Sie hören von uns. Guten Tag."
Vorerst aber passierte nichts, denn der *Nutri*-Konzern hüllte sich ebenso in Schweigen, wie die obskuren Entführer. Prompt blieb auch die Arbeit der Polizei weiter völlig wirkungslos. Hunderte von Öko-Aktivisten wurden überprüft, ein paar alte Anarchisten, die jetzt Abgeordnete waren, gerieten kurz in Verdacht, etwas mit der Entführung zu tun zu haben. Es gab ein Dutzend Festnahmen, aber keine brachte die Polizei auch nur einen Schritt weiter. Am Ende des Tages schrieb Fred Möhring seine nächste Story, ein kritisches Portrait von Sommer. Immerhin gelang es ihm, jetzt auch einen Informanten Vertrag mit RTL, dem ZDF und auch noch der ARD abzuschließen. Möhring war richtig in seinem Element. Gérard Sommers Entführung war in kürzester Zeit das alles beherrschende Thema des Tages geworden.

Am nächsten Morgen rief Möhring aufgeregt Salzmann an. Er habe in den frühen Morgenstunden eine SMS erhalten, um 10 Uhr werde ein Video bei YouTube hochgeladen, das eine

Ansprache der Entführer und eine Stellungnahme Gérard Sommers beinhalte. Salzmann zögerte keinen Moment, ein Anruf in der Online-Redaktion sorgte dafür, dass die halbe Republik um kurz vor zehn *www.morgen-blitz.de* auf ihren Tastaturen eintippte.
Gérard Sommer war zu sehen, der wieder ein Schild hielt. SEIT 72 STUNDEN GEFANGENER DER FOOD-ANGELS stand darauf. Sommer saß vor einer Wand, die mit lauter Produkten von *Nutri-Inter* dekoriert war. Statt des lächelnden Kuhkopfes, des Konzernlogos, prangte ein grüner Totenkopf an der Wand.
„Ich bin seit 48 Stunden Gefangener der Food-Angels. Ich werde nicht geschlagen, mir geschieht kein psychisches Leid. Und dennoch geht es mir nicht gut. Ich werde mit Unmengen an Pizza, Schokolade, Kartoffelchips und Süßgetränken unseres Konzerns zwangsernährt. Ich habe Durst und Magenschmerzen und trotzdem immer wieder das Verlangen, noch mehr von unseren Produkten zu essen – obwohl ich weiß, dass das nicht gesund ist. Ich appelliere an meinen Konzern, den Forderungen der Entführer nachzukommen."
Dann trat eine sonderbare Person in einem alten Pullover und mit einer Strickmütze, die einen Gesichtsschutz wie ein Vollbart hatte, vor die Kamera. Die Person trug eine Sonnenbrille und sagte mit sonderbarer Stimme: „Wir fordern die sofortige Überweisung der 50 Millionen Euro für fünf verschiedene Öko-Bauern-Kollektive in Südamerika. Sonst wird Dr. Sommer zu Tode gemästet. Außerdem verlangen wir die unwiderrufliche Rücknahme folgender *Nutri*-Produkte aus deutschen, österreichischen und Schweizer Supermärkten..."
Es folgte eine unendlich lange Liste mit allen möglichen Fertiggerichten, Schokoriegeln, Snacks, Säften und Eiweißgetränken.
Die Wirkung dieses kurzen Videos war ungeheuerlich. Noch am Abend überstieg die Klickrate die 10 Millionen-Marke. In

Blogs wurden flammende Apelle gegen *Nutri-Inter*-Produkte veröffentlicht, Öko-Aktivisten twitterten die angeblich gesundheitsschädliche Zusammensetzungen der Produkte, luden Videos bei *Facebook* hoch, in denen sie Kekshaufen anzündeten und Milchshakes ins Klo gossen und forderten zum Boykott auf. Die Verbraucherministerin nahm Stellung zum Gesundheitszustand von Fast-Food-Konsumenten, der Innenminister versprach eine rasche Aufklärung der Entführung, die Opposition forderte die verbindliche Einführung von kostenlosen Schulspeisungen für Kinder. Die unzähligen Fans von Milchmischgetränken und Tiefkühlpizza wiederum verstopften die Supermärkte durch Hamsterkäufe ihrer Lieblingsprodukte

Fred Möhring zündete sich abends eine Zigarette an, schob sich eine Doppel-Käse-Pizza in den Ofen, öffnete eine Flasche Bubble-Tea und sah sich gut gelaunt eine Folge der Talkshow *Hart aber fair* an, in deren nachmittäglicher Aufzeichnung er ausnahmsweise gesessen hatte – unter der Voraussetzung, dass sein Honorar doppelt so hoch war, wie das der anderen Gäste. Dafür konnte er aber auch mit abscheulichen Details aus seinen Recherchen zu früheren Lebensmittelskandalen so beitragen, dass die Quote der Sendung schier durch die Decke ging.

So zog sich die Entführung des *Nutri*-Chefs Sommer weiter dahin, vergeblich wurde versucht, mit den Food-Angeles zu verhandeln, während Fred Möhring einmal wieder der gefeierte Enthüllungsjournalist war, plötzlich omnipräsent im Fernsehen, online und natürlich exklusiv im *Morgen-Blitz*. Seine Bücher erlebten einen gewaltigen Nachfrageschub.

Am fünften Tag der Entführung gab es ein neues Video. Gérard Sommer war erneut zu sehen, der wieder ein Schild hielt. SEIT 120 STUNDEN GEFANGENER DER FOOD-ANGELS stand jetzt darauf. Er sah schlimm aus, unrasiert, aufgedunsen und vor Schweiß glänzend.

„Ich bitte im Namen der Menschenwürde meinen Konzern, den Forderungen der Entführer nachzukommen. Ich habe seit fast einer Woche entsetzliche Verdauungsprobleme, leide unter fürchterlichem Durst, den ich nur mit süßen Säften aus unserer Fabrikation versuchen darf zu löschen. Als übergewichtiger Allergiker quäle ich mich besonders grausam. Ich werde gezwungen, jeden Tag mehrere Tüten Kartoffelchips und diverse Fertig-Pizzen zu essen. Tun Sie etwas, sonst muss ich sterben. Glauben Sie mir, ich kenne die Zusammensetzung unserer Produkte, ich habe viele davon selbst entwickelt. Sie machen auf Dauer abhängig, dick, träge und krank. Diese Produkte enthalten viele gefährliche Zusatzstoffe, vor allen Dingen aber so viel Salz, Fett und Zucker, dass der menschliche Organismus ihnen auf Dauer nicht gewachsen ist. Helfen Sie mir, sonst muss ich sterben."
Tränen kullerten plötzlich über die unrasierten Wangen von Gérard Sommer.
„Alte fette Memme", sagte Fred Möhring kopfschüttelnd, als er das neue Video des heulenden *Nutri*-Vorstandschefs sah und biss herzhaft in einen Schokoriegel.
Doch wieder passierte nichts. Der *Nutri*-Konzern dachte gar nicht daran, den Forderungen der Entführer nachzukommen, die jetzt auch noch eine Sonderabgabe des Unternehmens an Selbsthilfegruppen für Diabetes-Kranke und die deutsche Krebshilfe verlangten. Das Unternehmen änderte seine Strategie. Gérard Sommer wurde jetzt für verrückt erklärt, der Aufsichtsrat des Konzerns teilte mit, er habe schon seit Monaten Anzeichen psychischer Verwirrung gezeigt. Als Beweise wurden angebliche Befunde Sommers aus dem Betriebskrankenhauses des Konzerns vorgelegt, außerdem die Dokumentation über einen Aufenthalt Sommers in einer Privatklinik für psychisch unheilbar Kranke. Gleichzeitig gab es jetzt eine neue große europaweite Gesundheitskampagne des Unternehmens gegen Übergewicht und Mangelernährung.

Dann, nach zehn Tagen, ein neues Video. Gerade hatte die Welt angefangen, Sommer zu vergessen, da hätten die Entführer, so Fred Möhring, sich wieder gemeldet. Erneut ein Link von YouTube. Gérard Sommer saß traurig in einem riesigen Haufen von *Nutri*-Produktverpackungen. Er sah entsetzlich aus.
„Ich bin gefasst darauf zu sterben", sagte Sommer, dessen Stimme jetzt fast verklärt wirkte. „Seit einigen Stunden habe ich einen Darmverschluss. Man hat mir gestattet, gegen die unmenschlichen Schmerzen Morphium zu nehmen. Meine Zwangsernährung mit Produkten des *Nutri*-Konzerns wird jedoch unvermindert fortgesetzt. In nicht allzu ferner Zeit werde ich tot sein. Wenn Sie mich noch retten wollen, dann erfüllen Sie innerhalb von zwölf Stunden die Forderungen meiner Entführer, der Food-Angeles."
Dann trat wieder der sonderbare Mann mit der Mütze samt angestricktem Bart vor die Kamera. Seine Stimme war verzerrt, als er sagte: „Gérard Sommer wird weiter mit Produkten von *Nutri-Inter* gemästet werden. Der Arzt in unserem Aktivistenteam gibt ihm höchstens noch 24 Stunden zu leben. Diese Zeit wird Dr. Sommer damit verbringen, drei Thunfisch-Pizzen, vier Tüten Erdnussflips, zwei große Gläser Schokocreme, drei Tüten Chips, ein Dutzend Müsli-Riegel, zwei Flaschen Cola und vier Liter Bubble-Tea zu sich zu nehmen. Wir werden stündlich ein neues Video hochladen, damit Sie den Tod dieses Mannes angenehm hautnah miterleben können. Er wird stellvertretend für Tausende Menschen sterben. Menschen, die fett und krank von Produkten der Firma *Nutri-Inter* wurden. Diesen Menschen wird Dr. Sommer jetzt bald folgen. Aber nun machen Sie es sich bitte gemütlich, liebe Ermittler, Mitarbeiter des *Nutri*-Inter-Konzerns und liebe Zuschauer daheim. Genießen Sie sein Ende am besten mit einer Fertigpizza mit köstlichem Analog-Käse und einer großen Flasche Cola. Wir versprechen

Ihnen, dass das Sterben von Dr. Sommer garantiert nicht langweilig wird."

Zwei Stunden später brach die Polizei die Tür zu Fred Möhrings Wohnung auf und verhaftete den Journalisten, der gerade online war. Er ließ sich widerstandslos abführen. In seinem Geländewagen fand man unter dem Reservereifen eine Strickmütze mit Bart, außerdem die Schlüssel zu Möhrings abgelegenem Feriendomizil in den Bergen. Hier saß Dr. Gérard Sommer immer noch angekettet im Keller. Er sah entsetzlich aus, roch fürchterlich und redete nur wirres Zeug. Um ihn herum lagen Unmengen an Verpackungen von *Nutri-Inter*-Produkten und jede Menge Essensreste. Sein Atem ging stoßweise, sein Blutdruck hatte einen astronomischen Wert von fast 300 erreicht. Ein Rettungshubschrauber brachte ihn ins Krankenhaus, wo ihm als erstes in einer Notoperation Magen und Darm leer gepumpt wurden bevor er stundenlang an die Dialyse kam.

Fred Möhring wurde in einem Prozess, der wochenlang auf allen Kanälen und in allen Zeitungen stattfand, zu einer langjährigen Haftstrafe verurteilt. Seine Mittäter aus der Slow-Food-Aktivistenszene wurden jedoch nie gefasst. Fred Möhring nutzte die Zeit hinter Gittern und schrieb weitere Bestseller, davon kurz vor seiner Entlassung einen über *Nutri-Inter* und dessen neues soziales Engagement in der Dritten Welt.
Gérard Sommer allerdings geriet rasch in Vergessenheit. Nach seiner Genesung begann er ein einsames Leben als Bio-Bauer in der Schweiz und starb überraschend an einer Listeriose-Infektion, die er sich durch einen unsauberen selbstproduzierten Bio-Käse zugezogen hatte.

Zu guter Letzt

Alle Personen und Geschichten sind natürlich frei erfunden. Alle Ähnlichkeiten sind zufälliger Natur. Wenn es aber Leserinnen oder Leser gibt, die meinen, sich oder jemand anderen wiedererkannt zu haben, mögen sie unbedingt Kontakt mit mir aufnehmen. Ich verspreche ihnen, dass ich dann versuche, eine neue Geschichte zu schreiben, in der diese Leser nicht nur die Hauptrolle spielen, sondern wahlweise entweder jemanden übervorteilen und unter die Erde bringen oder aber selbst beseitigt werden.

Köln, im Herbst 2014

Malte Bastian
malte.bastian@gmx.de

Inhaltsverzeichnis

Miss Gina	5
Sodbrennen	17
Ödipus	25
Das Veilchen	34
Fernsehgott	49
Die Seele der Dinge	58
Reifeprüfung	73
Ich bin ein anderer	90
Ein später Freund	102
Alte Kameraden	124
Richtig satt	146